講談社文庫

さいとう市立さいとう高校野球部

おれが先輩？

あさのあつこ

講談社

さいとう市立　さいとう高校野球部　おれが先輩？　目次

さいとう市立 さいとう高校野球部 おれが先輩？

さいとう高校野球部について三度《みたび》、しゃべる機会を得た、おれとしては、その責任の重さを痛感している。

その一、すみません。やっぱり温泉から始まります。

いや、やっぱり温泉は最高だわ。

なんちゅーか、この身体《からだ》の芯《しん》にじんわり染みてくる温かさって他では体験できないよね。しかも、泉質によって染み方が違ってくるわけで、例えば硫黄泉《いおうせん》なんかだとどうっと押し寄せてくる感じで、攻めの温泉て感じなんだよな。それが、含鉄泉や塩化物泉だと試合巧者《しあいこうしゃ》とでも呼べばいいのか、知らぬ間にじわっときている。単純温泉となると、実に素直で、「うーん、そろそろかな」とこっちが考えるころに、「はい、ただいま」っていそいそと染み込んでくるわけで……。

はい？　意味がよくわからない？　何で？　温泉の泉質について、しゃべってんだけど。

　そもそも日本は世界に類のない温泉大国で、実に三千百を超える温泉が北は北海道から南は沖縄まで湧き出している（三千百とは言わないが、せめて二千九百ぐらいは制覇したいと、密かに野望を燃やしている。ああ、でも、ほんとに良い温泉って二度も三度も、十度も百度も行きたいんだよなあ。おれも今年で十七になる。しぶとく生きたとしてあと七十年だ。うわぁ、温泉制覇の夢、叶《かな》うのかどうかビミョー）。

　ともかく、おれはそのこと、日本が温泉大国である事実をもっと誇っていいと思うんだ。何で政治家も経済界も文化人も一般庶民もそこに着目しないか、正直不可解。理解不能。

　温泉文化、温泉外交、温泉産業、温泉学等々、温泉にまつわる諸々《もろもろ》を世界に向けて発信してこそ、日本の未来は開けるはずだ。おれが、もし総理大臣に任命されたら（可能性はかなり低いが）、ただちに世界中に〝温泉による人民のための平和国家の樹立〟を宣言しちゃうね。

「総理、総理のお考えになっている温泉平和国家とはどのようなものなのか、きちんと説明していただきたい」↑これ、野党議員ね。

「山田《やまだ》内閣総理大臣」↑これ、衆議院議長。あ、だから、今、おれ国会答弁の真っ最中という設定でお願いします。

「はい。我が国の温泉振興は今まであまりに蔑《ないがし》ろにされてきた感があり、これが諸問題の根本的要因になっていると考えられます。温泉の魅力、効力を世界に伝えることで、日本そのものへの興味、関心、ひいては理解を深めることができると考えております。具体的には来年我が国で開催されます、G7とそれに続くサミットの会場を温泉地に限定し、各国首脳陣にじっくり我が国の温泉を堪能していただき、身も心もやわらかぁくなった状態で様々な議論を重ねて行きたいと考えております。やわらかぁくなった頭からは柔軟な思考が生まれ、やわらかぁくなった心からは相手への配慮が芽生え、やわらかぁくなった身体からは凝《こ》りが消えます。これによって、国家間、あるいは民族間の難問が解決の方向に導かれるのではないでしょうか」↑これ、山田総理。

「おお、それはすばらしい。総理、実にすばらしい発想です。感激いたしました。この案件につきましては、我が○△□党としても、いや、全野党が賛成し協力を惜《お》しまないでしょう」↑これ、感涙《かんるい》にむせぶ野党議員。

「ありがとうございます。これからも、わたしは政治家として温泉をこよなく愛する者として、世界平和と経済の安定、国民の幸せ、そして温泉のために尽くしていく所存であります」↑これ、山田総理。

与野党国会議員、総立ちのスタンディング・オベーション。後に『日本政治史に残る感動の温泉談話国会』と呼ばれた一幕である。

え？　ますますわけがわからなくなった？　そっ、そうかな。おれ的には政治における温泉の必要性を熱く語ったつもりなんだけど、伝わりませんでした？　え？　どうしてしょっぱなから温泉についてしゃべってんだ、って？

だって、おれ、山田勇作《ゆうさく》だもん。さいとう高校一年、じゃなくて、四月だからもう二年かな。

はい、ちゃんと自己紹介します。

さいとう市立さいとう高校二年、山田勇作です。趣味は温泉に入ること。特技は一《ひと》舐《な》めしただけで泉質を当てられること（的中率85％。高校卒業まではせめて90％台まで精度をあげたい）。野球部に所属して、ピッチャーやらせてもらってます。因《ちな》みに背番号1、エースナンバーを背負ってます。むふっ、むふふ。しかも、甲子園経験者です。選抜高等学校野球大会、俗に〝春の甲子園〟とか〝センバツ〟と呼ばれてるやつです。そうそう、春の甲子園って正式名、選抜高等学校野球大会なんだ。夏の大会は全国高等学校野球選手権大会が正規の名称。早口言葉みたいだよな。

おれたち、さいとう高校野球部は、今年の春、つまり選抜高等学校野球大会に出場しちゃいましたぁ。むふふふふ。しかものしかも、一回戦、勝っちゃいましたぁ。これって、すごくね？　初出場で一回戦突破の初勝利だよ。二回戦で負けちゃったけど、まぁそれはこっちに置いといてください（都合がわるいことはこっちに置くって、政治家っぽいでしょ。何となくまだ山田総理的雰囲気を引き摺《ず》ってます）。けど、あれからまだ十日ぐらいしか経《た》ってないなんて、正直、信じ難《がた》い気がする。ほんと、嘘《うそ》みたいだ。

おれは透明な湯に顎《あご》の先まで浸《つ》かり、あれこれと思いを巡らせる。

視線を上げると、碧空《へきくう》が見えた。

青すぎて碧《みどり》がかって見える空だ。その空に向かって、枝が伸びる。まだ若い緑色の葉をつけ、微《かす》かに揺れていた。

何の樹だろう。

その樹の隣には山桜が枝を伸ばしている。こちらの葉は赤褐色《せっかっしょく》だ。赤と濃い茶色の間の色。その葉の間に白い小さな花を付けている。うちの学校の門近くにある桜は、そろそろ満開を迎えるころだ。

山桜って咲くのが遅いのかな。それとも、ここが山の中なので気温が低いんだろうか。

ああ、しかし、いいねえ。一仕事した後、碧《あお》い空と山桜と若葉に囲まれて露天風呂に浸かってるなんて、ああ、この世の幸福を独り占めしてます。

あ、ごめん、説明不足。

おれ、山田勇作は今、塩江《しおのえ》温泉に来ています。

塩江、知ってる？　知らない。じゃあ道後《どうご》温泉は？　ああ、さすがにそっちは知ってるんだ。

では、ここで質問タイム。

一問目　道後温泉は日本三古湯の一つです。では、残り二つはどことどこでしょうか。

二問目　夏目《なつめ》漱石《そうせき》の「坊っちゃん」で有名な道後温泉は愛媛県にあります。では、塩江温泉がある県はどこでしょう。同じ四国にあります。

チッチチッチチッチッチッチチッチッ（秒針が回っている）。

はい、ターイム・アップ。

正解は一問目　有馬《ありま》温泉。白浜《しらはま》温泉。二問目　香川県でした。

つまり、今、おれは香川県にいる。神奈川県じゃないよ、香川県だよ。そうそうそう、〝うどん県〟だ。金毘羅《こんぴら》さんとうどんが有名なとこだよね。ちょい地味だけど、意外にいい温泉があちこちにある。温泉好きの中には、隠れ香川ファンもいるぐらいだ（数は不明。隠れ滋賀ファン、隠れ奈良ファン、隠れ大阪ファン、隠れ埼玉ファン、隠れ佐賀ファンあたりの数も不明。蛇足《だそく》だが、佐賀の嬉野《うれしの》温泉は泉温が九十二度という高温泉。一旦《いったん》放冷場で冷却しなければならない。そのわりに肌に優しく、美肌作用は大だとか。おれは、けっこう好みの湯だった）。

まあ、佐賀はこっちに置いといて、もう一度、言います。おれは香川県高松《たかまつ》市塩江町塩江温泉郷におります。

ダム湖近くのホテルの露天風呂に入っております。ただ今、午後四時を何分か回ったころ。風呂から出れば、もちろん、あれ。白くて冷たい、あれ。そう、冷え牛乳を一気飲みだ！　まことに残念ながら、この宿ではビン牛乳が売ってない。風呂場の前の廊下《ろうか》に自販機があって、そこにパック牛乳があるのみだ。

贅沢《ぜいたく》を言うときりが無いので、パック牛乳一気飲みで我慢しよう。ビン牛乳と違ってむせやすいので、用心しなければ。

いやいやほんとに、贅沢言っちゃあいけないね。

露天風呂に一人、浸かり、温泉を堪能し、冷え牛乳を飲み、夕方六時からは夕食を楽しめる。ああ、もう……。

風が吹いた。山桜の枝が揺れた。白い小さな花弁が二枚、ふわりと湯に舞い落ちてきた。

あああああん、勇作、もうだめ。なんて、なんてすてきなシチュエーションなんでしょう。あたし、温泉の神様に愛されてるんだわ。あん、もう、どうにでもして。もう、痺《しび》れちゃう。

「もう、痺れちゃう」

「勇作！」

突然の大声とともに腕を摑《つか》まれた。

すごい力だ。

おれは、すっぽり引き抜かれた大根よろしく、湯船から引き摺り出された。前を隠す暇もあらばこそ、檜《ひのき》の床に転がる（露天風呂は湯船も床も檜造りなのだ。温泉に浸かりながら、新緑と檜の香りが満喫できるなんて、最高）。

臀部《でんぶ》をしたたかに打って、おれは呻《うめ》く。呻くより他に何ができるだろう。強《し》いてあげれば、打ちつけたのが前でなくてよかったと不幸中の幸いを喜ぶぐらいだ。そこまで人間ができていないし、状況が把握《はあく》できていないしで、おれはひたすら呻き続けた。

「勇作、大丈夫か。どこに、電気クラゲがいたんだ」

「はぁ？　電気クラゲ？」

おれは尻《しり》をさすりながら、目の前の男を見詰めた。

くりくりした大きな目をしている。睫毛《まつげ》が長い。ほっぺたがつるつるしてちょっと赤い。顔だけだと小学生に見える。身体付きは、まありっぱな成人男子で、標準よりかなりでかい。

諸君、成人男子の身体の上に小学生の顔がのっかっている図を想像してくれたまえ。キモイ？　人造人間？　キメラっぽい？

いや、いやいや、そこまで辛辣《しんらつ》に言わないでくれる。本人、傷付くからね。

この男、山本一良《やまもといちろう》とはパ●パー●とかムー●ーとかを着けていたころからの、付き合いだ。まあ、あっさり言えば幼馴染《おさななじみ》、古典風なら竹馬《ちくば》の友、ちょいと崩して腐れ縁、て仲だ。

おれに野球をしろと勧めてくれたのも、高校に入ったとき、さる事情で野球部への入部を躊躇《ためら》っていたおれの背中を押してくれたのも、甲子園でおれの球を受けてくれたのも、一良だ。

小学五年生のときから、ずうーーーーーーっとバッテリーを組んでいるし、一日の大半を一緒に過ごすし、家族ぐるみの付き合いだし、気心は怖ろしいほど知れているし、ぎり三千四百円までの借金なら保証人、担保無しで貸してくれるし、山田家の面々ほどじゃないけど温泉大好きだし、ようするに、一良はいいやつで、おれにとってこれ以上無いキャッチャーなのだ。これ以上無いというのは、沖縄県は宮古島のシギラ黄金温泉より南には（西にも）、日本の温泉は無いというぐらいの、無さなのだ。

ややわかり辛《づら》い譬《たと》えで、ごめんなさい。

が、しかし、こいつ、些《いささ》か天然の気味があり、行動が読めないところがある。しっかりしているのか抜けているのか、リアリストなのか意外に夢想家なのか、ケチなのか気前がいいのか、頭脳明晰《めいせき》なのかアホなのか、優しいのか厳しいのか、目玉焼きは醬油《しょうゆ》派なのかソース派なのか、はたまた塩だけ派なのか判断に苦しむ場面に度々、遭遇するのだ。おれが「こいつ、わけわからん」と思うのだから、他の者にわかるわけがない。

ちょっと不可解な男なのである。

今も不可解な言葉を口走っていなかったか？

電気クラゲとか何とか。

電気クラゲって何だよ。刺されると、チクッとくるあれか？

「一良」

おれは左手で前を隠しつつ、右手で尻を撫《な》でた。カノジョには見せられない格好だ

（すみません。見栄張りました。ただ今のところカノジョ、おりません。何しろおれ、カノジョはぽっちゃり系でないと絶対だめだし、温泉好きじゃないともっとだめだ。温泉云々《うんぬん》はこちらに置いといて、何でこのごろの若い娘はああもがりがりに痩《や》せておるのじゃ。スカートから細長い脚をこれ見よがしに出して、「今、あたしぃ、茹《ゆ》で卵＆茗荷《みょうが》＆スモークサーモンダイエットしてるのぅ。だってぇ、夏まではあと三キロは痩せたいんだもん。うふっ」などとぬけぬけと口にしおる。馬鹿者が。若い女が木の枝みたいに細うなってどーするか。喝！）。

「うん？」

露天風呂を覗《のぞ》いていた一良が振り向く。

「何してんだ？」

風呂ってのは、とくに露天風呂なんてのは、覗くもんじゃなくて入るもんだぞ。

「電気クラゲを探してる」

「塩江温泉某ホテルの露天風呂（檜）には、電気クラゲがいるのか」

「え、いないのか」

「いねえだろう、フツー」

「だって、おまえ痺れるって叫んでたじゃないかよ」

一良が瞬《まばた》きする。男には宝の持ち腐れでしかない長い睫毛が上下に動いた。

「おれは温泉に痺れてたんだよ。空と桜と温泉と。三拍子揃《そろ》ったすばらしさに陶酔してたんだよ。電気クラゲなんか何の関係もありません。いいか、よく聞けよ。温泉と自然の風景とは分かちがたくあるもので、どちらか一方が」

おれは、両手のこぶしをかざし、温泉についての崇高な信念と理論を披露しようとした。一良が顔の前で手を横に振る。

「勇作、揺れてる、揺れてる」

「揺れてる？　地震か？　別に何も感じねえぞ」

「いや、前、前。あれ、あれ」

「前、前、あれ、あれって……、きゃっ」

慌《あわ》てて前を押さえる。興奮して、つい、手を離してしまったらしい。おれは前を押さえたまま、湯船に飛び込んだ。

「いや、勇作、そんなに恥ずかしがらなくても。おまえのあれなんか、何百回も見てんだからさ。ちっちゃいのからだんだん成長して、亀くんが現れて、お毛々がぼうぼうになって、立派になっていくのをつぶさに観測してたわけよ」

「観測すんな、他人のあれを」

「いやだから、おまえのあれとはそれくらい馴染んでるってことよ」

「馴染むな。一生、馴染むな」

「何でそんなに頑《かたく》ななんだよ。温泉に入ってるのに頑ななんて、おまえらしくないぞ。あ、まさか……。勇作、まだ、あのトラウマを抱えているのか」

一良の眉間《みけん》に深い皺《しわ》が寄り、眼差《まなざ》しに憐憫《れんびん》の情が浮かぶ。

それは三月の嵐の夜のこと……。

鳥取県は羽合《はわい》温泉で怖ろしい出来事が起こった。

おれは見てしまったのだ。いや、違う。見られてしまったのだ。股間《こかん》のあれを……。しかも、おばちゃんに。

おばちゃんだよ。おばちゃんて女性でしょ、性別的には。なのに見られたんだよ。

おばちゃんの名は間瀬《ませ》育代《いくよ》さん。羽合温泉某旅館スタッフの一人だ。おれは、その間瀬さんに……。これ以上は言えない。おれの口からは、どうしても言えない。詳しく知りたい方は、『さいとう市立さいとう高校野球部　甲子園でエースしちゃいました』（講●社文庫　七百円　税別）を読んでください。間瀬育代さんとおれとの、哀《かな》しくも奇妙な事件、題して『風呂場で騒いでたら見られちゃったよ事件』の真相が余すところなく描かれております。

「そうか、おまえ……まだ引き摺ってたのか。傷はすっかり癒《い》えたとばかり思ってたのに……。おまえ自身もそう言ってたし。でもあれ、おまえ一流の強がりだったんだな。そうだよな、見ず知らずのおばちゃんに、あれを見られたんだ。しかも、正面からばっちり見られた。そりゃあ疼《うず》くよな。真っ裸で真正面だもんな。どうして、おれたち、あのとき、すっぽんぽんになっちまったんだろう。今さら遅いけど、悔やんでも悔やみきれないよな……」

いや、いやいや、山本一良さん。ちょっと待ってください。風呂場ですから、おれたち、羽合温泉の風呂に入ってたんですから、すっぽんぽん当たり前でしょ。普通、みなさん、すっぽんぽんですよね。水着やユニフォームの方のほうが明らかにおかしくはありませんでしょうか。振袖《ふりそで》や燕尾《えんび》服など着用されておりましたら、これはもう異次元の方？　ぐらいの違和感を覚えますよねえ。それに、見られた、見られたって繰り返さないでもらえます。こちらと致しましては、慰《なぐさ》められてる気がちっともしないんです。

「勇作、悪《わり》ぃ。おまえの傷をさらに深くしたようで……。おれ、キャッチャーなのにな。女房役なのに、すまん。配慮が足らなかった。反省する」

「いや、そこまでは……」

「おまえはピッチャーだ。ピッチャーのメンタルがいかに大切か、キャッチャーとしてちゃんと理解しているつもりだった。なのに、無神経に『風呂場で騒いでたら見せちゃったよ事件』の傷口に塩をぬりこむなんて……最低だ」

一良、『見せちゃった』じゃなくて『見られちゃった』だからな。『見せちゃった』って、すんげえ、おれ、変態っぽくねえ。

「ほんとに、すまん」

空気が湿っぽくなった。湯気のせいではない。ダム湖に向けて開かれている露天風呂は当然のことながら風通しも良く、湯気が籠《こも》ったりはしない。

雰囲気が妙に暗く、湿っぽくなってしまったのだ。

一良が俯《うつむ》く。一良のあれも俯いている。大きい一良と小さい一良がうなだれている様は物悲しくて、おれはちょっぴり泣きそうになった。温泉に浸かっていながら、哀しくて泣くなんて、初めての経験だ。いや、泣いてはいかん。

温泉とはあくまでこの世に生まれた幸せをしみじみ噛《か》み締めたり、嫌なことも辛いこともあるけど「まっ、いいか。なんとかなるでしょ」と開き直ったりするその力を得るところなんだ。

汗を流してさっぱりOK。イェイ。

涙を流してしんみりNG。イェイ。

俯きNG、うなだれNG、ため息NG。NONONO。イェイ。

洗髪OK、談笑OK、頭に手拭《てぬぐい》載せ、辛《かろ》うじてOK、YESYESYES。イェイ
（ここまで、ラップ調でお願いします）。

涙、ため息、絶望、悲観。そんなものが世界一、似つかわしくない場所、それが温泉なんだ（ここまでは、舞台の独白風でお願いします）。おんせんーっ、おんせ〜んなぁぁぁぁぁんだよ〜（ここ、オペラ調でお願いします。はい、ご協力、ありがとうございました）。

おれは、湿っぽい雰囲気を払うために、出来る限り陽気で無邪気な物言いをしてみた。

「だいたいな、何で電気クラゲなんだよ。露天風呂で痺れたら何で電気クラゲ？　ワタシ、ソコノトコロ、リカイデキマセーン」

「じゃあ、電気ウナギか？」

「ウナギも温泉に入ったりしねえよ」

「じゃあ、シビレエイとか」

「魚から離れろ」

「クラゲは魚じゃねえし。鉢虫類だし」

ハチムシって何だよと聞き返そうとして、止めた。ネコ目ネコ科を中心とした一良の動物知識は半端《はんぱ》ない。この前なんか（甲子園から帰るバスの中だった）雲豹《ウンピョウ》とイリオモテヤマネコについて、その食性から行動パターン、絶滅を防ぐための方法等を延々と聞かされ、さいとう市に着いたころ、おれは「おーい、勇作」と呼ばれて思わず「にゃごぉっ」と威嚇《いかく》の声を上げたぐらいだ。

なので、一良の動物知識を刺激しないよう言葉を選び、話題をあくまで温泉と電気系生物に限定しようと試みた。

「……ともかく、ここの露天風呂には電気系の生き物はいねえから。あのな、一良、後々のためにアドバイスしといてやるけどな、風呂場で誰かが痺れてる場合、フツーの思考回路を持ってるやつは『たいへんだ、電気クラゲに刺されたんだ』なんて発想は絶対に絶対にしないからな。もち、電気ウナギやシビレエイもアウト」

「電気ナマズもか」

「問題外。話にならん。そんなもの見たこともないし」

「うん、電気ナマズは淡水産の硬骨魚でナイル河を中心に熱帯アフリカに分布している。体の両側に発電器官があって、なんとなんと、四〇〇から四五〇Vの発電をするらしい。さらに電気ウナギは」

「問題外。まったくもって問題外」

おれは手のひらを一良に向け、かぶりを振った。きっぱり拒否の意思を示したわけだ。一良の唇《くちびる》が尖《とが》る。

「じゃ、何が問題になるんだよ」

「そりゃあ……、風呂場での突然の痺れときたら、まずは脳溢血《のういっけつ》とかを疑うのがフツーだろ」

「脳溢血か。何か、夢がねえなあ」

「脳溢血には夢がない。しかし、電気系の魚たちにも夢はない」

と強く言い切ったおれの脳裡《のうり》に、どうしたことか、あろうことか、なんということか、電気系の魚＋クラゲの泳ぎ回る水槽、じゃない、湯船が浮かんだのだ。泉質はわからない。湯気がもうもうと立ち上っている。電気系の魚＋クラゲたちは、茹でウナギにも、茹でエイにも、茹でクラゲにもならず、すいすい泳いでいる。みんな、気持ちよさそうだ。

あそこに入ったら、どうなるんだよ。

びりびりと痺れちゃうのかな。

温泉でびりびり。びりびりしながらの温泉。

う～ん、未知の感覚だ。ものすごく危険な香りがする。危険だけれど魅力的な香り……。ああ、一足だけ浸けてみようか。一足だけ、そっと……。

「勇作」

「ひえっ、びりびりびり」

「え？　やっぱり痺れるのか。脳溢血の兆候か」

「いや、ちょっとした妄想《もうそう》で……。と、ともかくもう上がろうか」

「だな。せっかくだから、飯の前に早足散歩でもしようぜ」

「普通の散歩じゃないのかよ」

「勇作、おれたちは何だ？　栄《は》えあるさいとう市立さいとう高校野球部のバッテリーだぞ。それが、温泉の後、のほほんと散歩していていいのか。いいわけがないだろう。できれば、ランニングしたいが、まずは早足散歩で辺りを散策し、明日の朝は朝湯の前に五キロランニングだ。わかったな」

「ひええっ、五キロっすか旦那《だんな》。いや、ようがす。あっしもさいとう高校のエース番号を背負った男、それぐれえのランニングは朝飯前でやすよ。朝湯前ってのはいささか辛うござんすがね」

「よし、よく言った。で、早足散歩のお題はずばり『若葉』、ランニングのお題は『明日』だ、わかったな」

「えええええっ」

正直、マジでびりびりときた。

「ちょっと待てよ。待ってください、一良さん。塩江まできて、やるの？」

「何を？」

「さいとう高校野球部名物創作ランニングコンクール」

「コンクールはないな。おれとおまえの二人しかいないわけだから、無理に優劣をつける必要はねえだろう」

「コンクールはないけど、創作はあるわけ？」

「もちろん。これ、鈴《りん》ちゃんからのミッションだから。えー、つまり『山本くん。山田くんと塩江温泉に行くんだって。いいねえ。香川はいいとこだよ。瀬戸大橋とかも渡るんでしょ。春の瀬戸内海、いいねえ。いい絵が描けそうだ。あ、でも絵は描かないよね。きみたち美術部じゃないんだから。そのかわり、ちゃんと創作ランニング練習、やっといてね。そろそろ始動しなくちゃ。夏に間に合わなくなっちゃうからね。四月末には春の県大会もあるし、もうすぐ、後輩たちも入ってくるわけだし、頼むね、山本くん』と、厳しく命じられたんだ。あのときの鈴ちゃんの眼《め》、怖ろしいほどだったぜ。獲物を狙う豹《ひょう》でも、あそこまで鋭い眼はしねえだろう」

一良、ますます物真似《ものまね》の腕をあげたな。鈴ちゃんに、そっくりじゃないかよ。でも、厳しくないよな。全然、厳しくない。縦横、左右、上下、どこから見ても厳しくない。ていうか、ほんわかムード満載じゃないかよ。眼つきだって豹どころか、日向《ひなた》ぼっこしているミケ、タマ、フジ、トラ（山本家の飼い猫だ。一週間前にミケが加わった。一良のおっかさんが公園のトイレ脇に捨てられていた子猫を拾ってきたのだ。その名の通り三毛猫なんだけど、右目と尻尾《しっぽ》の付け根に煙草《たばこ》を押し付けられたと見られる火傷《やけど》をしていた。あのときの山本家全員の憤怒《ふんぬ》はすさまじかった。怒りで発電できるなら、電気ナマズ二十四分は軽くいっただろう。おじさんは怒りのあまり真っ赤になり必ず犯人を見つけ出すと吼《ほ》え、おばさんは子猫を抱き締めておいおい泣き、一良は『春の宵《よい》　火傷の猫は　なに想う』との一句を創った。そのミケは、今、山本家で飼われ、火傷もほとんど治ってはきたが、右目の視力だけは回復しないそうだ。膝《ひざ》の上で眠るミケを撫でながら「人間って、意外にあっさり残酷な真似ができるんだなあ」と、一良は言った。（そうだなあと、おれは頷《うなず》くことしかできなかった）みたいにほんわかしていたに違いない。

まあ、それでこそ鈴ちゃんなんだけど。塩江温泉が香川にあると知っているあたりがさすがに鈴ちゃんで、ほんわかしているのもやっぱり鈴ちゃんだ。

あ、鈴ちゃんってのは、うちの監督です。

えっと、確か、鈴木《すずき》……鈴木何だろう。下の名前が思い出せない。ほとんど「鈴ちゃん」、たまに「監督」って呼んでるので思い出せない。ごめんなさい。

まあ、いいや、鈴ちゃんは鈴ちゃんで、おれたちの監督だ。野球部監督と美術部顧問を掛け持ちしている。全国でも稀《まれ》なケースではないだろうか。この春、甲子園出場が決まったとき、鈴ちゃんは複数のメディアから「しかし、野球部と美術部を掛け持ちしているというのは、実に珍しいですね」と質問されていた。まあ、おれが記者でも尋ねちゃうかもしれない。鈴ちゃんは、にこにこしながら、

「珍しいですか？　でも、対象をじっくり見詰めることと、想像力を十分に働かせること。この二点で野球と美術はとてもよく似ていると思うんですよ」

なんて答えていた。ここで、たいていの記者さんは戸惑《とまど》い顔になり、首を傾《かし》げる。

「野球と美術が似ているわけですか」

「よく似てますよ。どちらにも応用できることが多々あります。これは便利ですね。非常にお得感があります。当方としましては一度、ぜひお試しいただきたいと思っております」

鈴ちゃんは、ちょっと怪しい訪問販売員のような口調になり、野球部監督、美術部顧問の掛け持ちを勧めていた。

鈴ちゃん自身、さいとう高校生時代、美術部の会計であり野球部マネジャーであるという立場を両立していたらしい。

え？　選手じゃなかったのかって？　うん、ちがうよ。マネジャーだよ。しかもカンペキ仕事のできたマネジャーだったらしい。いわば伝説の天才マネジャー、略して天マネ。略す必要ないけどね。

今のところうちの部にはマネジャーがいなくて、副キャプテンの伊藤《いとう》さんが鈴ちゃんと相談しながら、そのあたりの仕事を引き受け、こなしてくれている。

「おれ、こういうの嫌いじゃないからいいんだ。みんなのお世話をするって性に合ってる」

のんびり屋であっさりした気性の伊藤さんは言うけれど、伊藤さん、四番だよ。クリーンナップのど真ん中だよ。そういう人に、「明日の練習時には各自、弁当の用意を忘れないこと。コンビニ弁当でいい者はこの紙に記入しておいてくれ。おれがまとめて買いにいく」とか、「このところ部室の整頓《せいとん》ができていないようなので、気をつけて欲しい。掃除当番表を壁に張り出しておくから、各グループで必ず掃除をして帰ること」なんて言わせていいのかなあ。イラストレーター志望の森田《もりた》さんと二人でせっせと（わりに楽しそうに）、掃除当番表を作っている姿なんて見ると、複雑な気分になる。じゃあ、おまえが代われよなんてツッコミは当然あると思います。

だよな、有言実行を座右の銘とするおれとしては、「四番で副キャプテンの伊藤さんにマネジャーの仕事まで押し付けるわけにはいきません」とかっこよく言い放ち、「おれが代わります」とさらにかっこよく宣言すればいいんだよな。でも……。

無理だ。とても無理だ。

おれ、伊藤さんみたいに、軽く「みんなのお世話をするって性に合ってる」なんて言えない。絶対、性に合ってないもんな。

おれ、短気だし、すぐイラつくし、堪《こら》え性がないし（あれ？　みんな同じことか）、ともかく、他人《ひと》さまのお世話なんてできるキャラじゃない。しかも、お世話する連中がポポちゃん※1だったり、早雲《そううん》※2だったりするわけだろ。うわっ伊藤さんの爪の垢《あか》を煎《せん》じて百杯飲んでも無理（だいたい、煎じ薬、百杯も飲めないよな）。

突然ですが、ここで簡単に紹介しておきます。

※1　ポポちゃん。本名、田中一慶《たなかかずよし》　ライト六番。熱狂的なヤクルトファンながら、親父《おやじ》さんがそれを上回る虎キチなもので（ポポちゃんが生まれたとき、一虎《かずとら》と名付けようとして、奥さん、つまりポポちゃんのおふくろさんに猛反対され、渋々一慶としたというエピソード、あり。この点については、ポポちゃんはおふくろさんに深く感謝している）、ヤクルトファンであることを公言できず、不本意ながら〝六甲《ろっこう》颪《おろし》〟を三番まで歌えてしまうという、ある意味、悲運の男なのだ。で、さっきライト六番って言ったけど、同時に、うちのリリーフエースでもある。鈴ちゃんが抜擢《ばってき》した。最初は面喰《めんくら》っても、戸惑ってもいたポポちゃんだけど、このところピッチングに安定感が増して、頼もしくなった（一良談）。甲子園、一回戦の八回からリリーフに立って、相手打線をぴしゃりと抑え……三安打されたけど、ともかく抑えきった。そのとき、親父さんはスタンドで号泣したそうだ。そりゃあそうだよね。自分の息子が甲子園のマウンドで投げてるんだ。虎キチとしては、これ以上の喜びはないだろう。ポポちゃん、親孝行。しかし、あくまで（隠れ）ヤクルトファン。

※2　早雲。本名、木村《きむら》早雲。ファースト三番。新チームのクリーンナップの一翼を担う。それだけの長打力あり。ただし、調子に乗り過ぎる癖があって、それが良くもあり悪くもある。要するに、上手《うま》いこと調子に乗せちゃうと、なかなかやっちまうよってキャラだ。親父さんが、これも熱狂的な戦国武将&剣豪ファン。で、息子にこの名前を付けた。早雲のおふくろさんによると、ぎりぎり許容範囲だったらしく、強固な反対はしなかったそうだ。「だって又兵衛《またべえ》とか信玄《しんげん》とかより、ましでしょう」とため息交《ま》じりに語ったというエピソード、あり。暴走親父に手を焼いている家族は、かなりいると思われる。あ、早雲、実年齢とカノジョいない歴が重なる男で、この点については、半ば諦《あきら》めもようである。でも、ときどき、「野球部で三番を打つおれがなぜ、モテないか」について、沈思黙考している。が、たいてい頭を抱えて終わりになる。おれが言うのも何だけど、優しいし、二股《ふたまた》とか器用な真似できる男じゃないし、女性に対する尊敬度高いし、カレシにするには悪くないと思うんだけど。なんでモテないんだろうね。やっぱ、顔かな？

はい、紹介、終わり。

で、この際、おれの座右の銘『有言実行』はこっちに置いといて、おれは密かに、四月になって新入生が入ってきたら、ぽちゃっとした可愛《かわい》い一年生女子二、三人（贅沢は言わない。一人でもいい）が「あたしたち、野球が大好きなんです。マネジャーとして、野球部に入部させてください」なんて、申し込んでくるんじゃないかと密かに（あ、二度も使っちゃった。でも、ほんとうに胸の内で密かに、なんだ）期待している。

別に叶えられない望みじゃないと思うんだよな。何てったって、おれたち、甲子園に出場したわけで、それなりに注目されてるわけで、当然、新入部員はどどっと来るだろうから、その中にマネジャー希望のぽっちゃり女子がいても不思議はないと考えている。

あ、ぽっちゃりはあくまで、おれの個人的願望だから、痩せてても別に構わない。何の問題もないだろう。要は野球が好きで、他人の世話ができるかどうかが大事なんだから。

でも……、どうせなら、ぽっちゃりして笑顔の可愛い後輩に「山田先輩、お疲れさまです」なんて言われてみたい。

「山田先輩、お疲れさまです。これ、冷えたスポーツドリンクです。どうぞ」

「うわっ、喉《のど》がからからだったんだ。いただきます（グビグビ）。うーん、生き返る。ぽちゃ子（仮名）ちゃん、いつもありがとう」

「そんな、お礼なんて。これが、あたしの仕事ですから」

「けど、ぽちゃ子ちゃんみたいに真面目《まじめ》に、一生懸命マネジャーやってくれる人、そうそういないね」

「そうですか。山田先輩にそう言ってもらえて、あたし……」

ぽちゃ子、少し涙ぐむ。

「あれ？　どうした？　おれ、何か気に障《さわ》ること言った？　もしそうなら謝るよ。ごめんな」

「ううん、違うんです。あたし……嬉《うれ》しくて。山田先輩があたしのこと、ちゃんと見ていてくれたんだなって、それが嬉しくて……すみません。泣いたりして」

「ぽちゃ子……」

「山田先輩」

ここで、かの壁ドン！

どこの壁かは確認できず。

「ぽちゃ子、もう逃がさないぜ」

「先輩、あたし……逃げる気なんてありません」

「じゃ、いいんだな」

「はい」

「おれと一緒に」

「先輩と一緒に」

「温泉に入る覚悟はできてるんだな」

「もちろんです。熱海《あたみ》でも別府《べっぷ》でも登別《のぼりべつ》でも箱根《はこね》でも草津《くさつ》でも、連れて行ってください」

「比婆山《ひばやま》でも松葉川《まつばかわ》でも湯《ゆ》ノ倉《くら》※3でも玄海《げんかい》温泉でも躊躇いはないか」※3宮城県の湯ノ倉温泉湯栄館は廃業したとのことです。悲しい。

「……どれも聞いたことないですけど、ええ、山田先輩が一緒なら躊躇いなどありません。地の果て温泉郷でも参ります」

「ぽちゃ姫」

「勇作さま」

二人はひしと抱き合う。しかし、敵の軍勢三万騎は既にさいとう城の間近に押し寄せていた。

ああ、ぽちゃ姫と勇作の運命やいかに。

あ、いけない。またまた、妄想爆発。あらぬ方向に話が進むところだった。おれも、カノジョいない歴が一年を超えて、妄想癖が高じ始めているのか。気をつけなくっちゃ。

ま、おれの妄想はこっちに置いといて（ほんと、〝こっち置き〟が多いな）、四月からは、どうか新しいマネジャーが現れますように（体形には拘《こだわ》りません）。

「じゃあ、十五分後にフロント前、集合。遅れないよう時間厳守でお願いします」

一良は旅行会社の添乗員もどきの台詞《せりふ》を残して、去っていった。

おれは、もう一度、空と桜を見上げる。

山桜にはソメイヨシノの華やかさはないけれど、華やかさとは異質の静かな佇《たたず》まいのようなものが具わっている。それが、温泉に相応《ふさわ》しい。そう思う。

意外なほど近くで、ウグイスが鳴いた。

ホー、ホケキョ。ホーホケキョ。

春が闌《た》けた分、ウグイスのさえずりも堂々としてきた。この前まで、ケキョケキョとつっかえながら鳴いていたのに。

空と桜とウグイスと温泉。

うーん、最強カードが並んだ。

いいなあ、ほんと、いいなあ。温泉、最高だなあ。

あ、そうだ。どうしておれたちが塩江温泉にいるか、まだ、説明してなかったよね。

え？　別にしなくていい？　どうせ、山田家の温泉旅行に一良が相乗りしただけだろうって？

ブッブー。残念でした。今回は、富士子《ふじこ》さん（勇作母。日本とロシアの血を引く、ちょっとした美女。カレー作りの名人）と梅乃《うめの》（勇作妹。しっかり者で努力家。兄を凌駕《りょうが》するほどの温泉好き）は、同行しておりません。

今回は山田家というより、親父が経営している『山田マロン食品』がらみで、ここ塩江に来ております。

えっと、つまりね、『山田マロン食品』のヒット商品『くりくりくりりんりーむ』が、何と香川県から表彰されることになったんだ。『第一回、うどんを食べたあとに、食べたくなるお菓子コンクール』でみごと、金賞を射とめたわけ。

某大手製菓の『ちょこっとチョコレート』や『小豆《あずき》ちゃん』、某食品会社の『饅頭《まんじゅう》太郎』を抑えての、栄えある受賞だ。正直、『山田マロン食品』は、さいとう市に本社と工場と販売店があるだけの小さな会社だ。そこの製品が認められたなんて驚き！

これから、讃岐《さぬき》うどんとタイアップして、香川県はもとより、讃岐うどんの店で

『くりくりくりりんりーむ』を販売するルートが開けるらしい。地味そうだけど、確実な販売ルートの拡充に繋《つな》がると、営業部の宮川《みやかわ》さんと広報部の竹下《たけした》さんが手を取り合って、喜びの声を上げていた。

連絡があったのは、さいとう高校が選抜出場を決めたころで、山田家は二重の喜びに包まれた。おふくろ特製のお祝いカレー（高価な牛肉をふんだんに使い、人参がハート形に切ってある）の美味《うま》かったこと。美味かったこと。

この受賞、さいとう市の特産品である栗をもっと広め、地域興しの一環としたいという、今は亡き祖父《じい》ちゃんと親父の想いが、こよなくうどんを愛する香川の人々に届いたってことだろうか。祖父ちゃんの仏壇に『くりくりくりりんりーむ』とうどん（野菜天ぷら付き）を供えて、親父は金賞の報告をしていた。

それで、今日、高松市で授賞式があったんだ。金賞の副賞は讃岐うどん一年分と塩江温泉一泊宿泊券、二人分だった。

「勇作、どうだ。塩江に行くか」

親父に問われて、おれは些か迷った。塩江温泉には、まだ一度も行ったことがない。かなり魅力的な申し出だった。甲子園の後、ちょっと疲れ気味（興奮と緊張の反動がきたって感じ）で、疲労回復には温泉が一番ってのは明々白々の事実だ。温泉に浸かれば、どことなく疲れた気持ちも身体もほぐれ、リフレッシュできる。

けど二人って……。

現役男子高校生としては、父親と二人で温泉旅行ってのも、如何《いかが》なものかと思案してしまう。『山田マロン食品』は、毎年、秋に社員旅行を実施する。行き先は、むろん温泉地。おれも、度々、同行させてもらったけど、それはまあ、いいんだ。会社の人がみんな一緒だから。けど、今回は二人だろ。

親父と布団並べて寝ちゃう？

二人で食事する？

いやあ、ありえない、ありえない。いくら温泉とはいえ、それはありえない。二十年早過ぎるの感あり、だ。

「一良を誘えばいいだろう」

おれの胸中を見透かして、親父が言う。おれって、考えてることが素直に顔に出るもんで、すぐに見透かされちゃうんだ。このところ、マウンドではわりとポーカーフエイスを保てるようになったけれど、日常生活ではまだ、まだあきまへん。

「親父はどうすんだよ」

「おれは、残念ながら仕事が入ってんだ。授賞式の後、宮川さんと高松のうどん店回りをしようってことになってな。そのまま、高松に泊まるから、おまえたちは塩江に行って来い。高松駅とホテル間は送迎バスが出てるからそれを使って往復すればいい。で、翌日に高松駅付近で待ち合わせとしよう」

「えー、でも……いいよ、やっぱり」

おれは、頭を横に振った。

親父が懸命に仕事してんのに、その仕事に乗っかって息子がのんびり温泉三昧《ざんまい》ってわけにはいかないだろう。塩江温泉には心惹《ひ》かれるけど、「じゃ、よろしく。親父、がんばってな」なんて言えない。言わないだけの節度は保ってる。節度というよりプライドかなあ。そこまで甘えてたまるかよ、みたいなプライド。余計なものかもしれないが、おれにとっては大切なもんなんだ。

それに、甘えるのって楽だからさ、ついずるずると癖になっちゃう怖さがある。まあ、今でも十分甘えてはいるんだが、どこで自分にブレーキをかけるか、どこまで自分に許すか、決め手になるのがプライドだろうか。

「勇作」

親父がおれをちらっと見た。それからちょこっと笑った。照れてるみたいな笑い方だった。

「おれはな、おまえに一緒に行ってもらいたいんだよ。で、授賞式のおれの姿を見てもらいたいんだ」

親父の頬《ほお》が赤くなる。

え？　マジ照れしてんの、親父？

「おまえが甲子園で投げる姿を見たとき、おれは、本当に誇らしかった。あそこで今投げてるのは、おれの息子だぞって叫びたかった。ま、周りはみんな知ってるんだけどな。それくらい、おれはおまえが誇らしかったんだよ、勇作」

え？　ええ？　親父、何のつもりだよ。何だよこのカンドー的ないい話系の雰囲気は。おれ、苦手なんだけど。

「おまえはおれの誇りだ。そしてな……、おれもおまえの誇りでありたいって思ってる。おれは野球なんてできないし、特別に誇れるようなものもない。でも、『くりくりくりりんりーむ』を作ったことだけは胸を張れる気がするんだ。おれが言うのも気が引けるが、美味い、安い、かわいいの三拍子が揃ってる。一個、七十五円（税込）なのに、皮にもクリームにもたっぷり、さいとう栗が練り込んであるし、食感は最高だし、くりくりくりーむちゃんの包み紙も愛らしい。完璧な菓子がこの世にあるなら、まさにそれじゃないだろうか」

気が引けるわりには、大胆に褒《ほ》めちぎってるな、親父。

「今回の受賞は、『くりくりくりりんりーむ』の完璧さを評価してもらったが故なんだ。それが嬉しくてな」

うん？　うどんを食べたあとに食べたくなる菓子だからじゃなかったっけ。勝手にコンセプト、変えない方がいいぞ。

「おれは誇らしい気持ちで受賞に臨む。その、おれの晴れ姿をおまえに見てもらいたいんだ。うん、見てもらいたい。あ、誤解するなよ。この会社をおまえに継げなんて言うつもりはないんだ。ただ、おれがマウンドのおまえを見て誇らしかった、その何分の一かでもおれに感じてもらえたらって……ははは、まあ、甲子園に比べると舞台はかなり小さいけどな」

「そんなことないさ。香川はりっぱだよ。瀬戸大橋だって金毘羅さんだってあるわけで、溜池《ためいけ》だっていっぱいあるし、うどんはめちゃめちゃ美味《おい》しいし、そんな県から表彰されるんだから。しかも、うどん絡みで。そりゃあ誇っていいぜ、親父」

「勇作、ほんとにそう思ってくれるか」

「もちろん」

「じゃあ、いっしょに高松に」

「うん、行こう。その後、お言葉に甘えて塩江に向かう。一良も誘ってみる」

「ああ、そうしろ。せっかくの宿泊券だ。無駄にする手はない」

「あ、でも、梅乃やおふくろはどうする？　置いて行くわけにはいかないだろ」

「あたしたちのことなら、ご心配なく」

「ひえっ、梅乃、おふくろ。い、いつの間にそこに」

「ずっとここにいたわよ。ここ、リビングだもん。いてもおかしくないでしょ」

梅乃がくいっと顎を上げる。

この数ヵ月で、また背が伸びた。顔が小さくて手足が長い。いわゆるモデル体形だ。飛び抜けた美人じゃないけれど、勝気そうな大きな瞳は確かに印象的だ。かなりモテモテで、平均週に三回は告られていると風の噂《うわさ》に聞いた。そのモテ度の四分の一でいいから、早雲に回してやってもらえないだろうか。

「あたしたちは、あたしたちでやるから、ね、ママ」

「そうね、ふふ」

梅乃とおふくろが、何やら意味ありげな目配《めくば》せを交わす。

「何だよ、キモイな。何があんだよ」

「ふふ、実はね、お兄ちゃん。あたしとママ、伊香保《いかほ》温泉に招待されたの。しかも二泊三日で」

「は、いかほ……な、なぁにぃ。いかほって、あのいかほか。伊藤さんの伊に、香りの香に、保健の保の伊香保温泉か」

「そうよ。でも、何でそんな面倒臭い言い方するの」

「群馬県渋川市《しぶかわし》、榛名山東麓《はるなさんとうろく》にある、硫酸塩泉で酸化鉄によって赤褐色を呈しているあの伊香保温泉か」

「標高七百メートルの高地に湧き、温泉街は山の急斜面に形成され三百六十五段の石段に沿って旅館や商店が立ち並ぶ独特の風景を作りだしている、婦人病、不妊症に特効、動脈硬化や火傷治療に効用、飲用は糖尿病や痛風に効果ありと言われている、あの伊香保温泉よ。他のどこに伊香保温泉があるのよ」

「う、う、七百メートルの高地だと、独特の風景だと、硫酸塩泉だと、婦人病に特効……は関係ないけど、糖尿病も痛風も関係ないけど（今のところは）……。くくうっ、伊香保か。い・か・ほ。北群馬の名湯にして、ちょいときらきらネームっぽい伊香保、そのわりには歴史は古い伊香保、上州娘の伊香保」

　富士子さんが、おれの腕を摑んできた。

「勇作、落ち着きなさい。落ち着いて。お腹空いてるんじゃないの。昼の残りだけどスープカレーがあるわよ」

「これが落ち着いていられるか。梅乃とおふくろだけ、何でスープカレーに行くんだ」

「伊香保温泉ね。お兄ちゃん、頭の中がかなりぐちゃぐちゃになってるよ。ちゃんと説明するから、聞いて。はい、深呼吸。スーハースーハー」

おれはスーハースーハーと深呼吸を二度繰り返した。

空気が体内に流れ込み、心拍数が下がってくる。頭が冷えると、興奮した自分が恥《は》ずかしくなった。

でもねえ、伊香保ですから。

鉄分たっぷりの赤くて茶色のお湯ですから。

一瞬、くらっときて、興奮しちゃっても責められないでしょ。おれなら責めないね。誰かが、例えば、カノジョいない歴＝実年齢の早雲あたりが、躊躇いがちに、

「勇作……おれ、どうしたらいいだろう。伊香保のあの赤くて茶色の湯のことを考える度に、コーフンしちゃって……、あそこがもぞもぞしちゃうんだよ。おれ、完全に伊香保にまいっちゃってるみたいで……。こういうことって、おまえ以外には、誰にも相談できないもんな」

と告白し、涙目になっても、おれは絶対に「おまえ、そりゃあ変態の域だぞ」なん

て心無い言葉を投げつけたりしない。驚くことも、嫌がることも、冷ややかに見下げることもしない。ただ、早雲の肩を抱いて頷くだけだ。

「わかるよ、早雲。伊香保はそれだけ魅力、いや、魔力のある温泉なんだ。おまえのあそこがむずむずするのも当たり前なんだよ」

「勇作、やっぱりわかってくれるんだな」

「おう、わからいでか。おれだって、伊香保ちゃん大好きだ。西会津《にしあいづ》のさゆり（温泉ナトリウム―塩化物泉）ちゃんも、山口の由宇《ゆう》（温泉　放射能泉）ちゃんも、北海道ののびふか（温泉　冷鉱泉）ちゃんも好きだけどなあ」

「ははは、勇作。相変わらず気が多いな。何股かけてんだ」

「ははは。温泉だけは本命一本なんて、とても絞れないぜ」

「ははははは」

「ははははは」

頬をつねられた。

痛い。

「いてっ。梅乃、何てことすんだ。突然のつねり攻撃なんて卑怯《ひきょう》だぞ。恥を知れ」

「そっちこそ、人の話をちゃんと聞きなさいよ。どうせ、伊香保温泉が伊香保って名前の女の子だったらソッコー恋しちまうな、おれ。なんて妄想に耽《ふけ》ってたんでしょ」

どきっ。中《あた》らずと雖《いえど》も遠からず。

鋭いぞ、山田梅乃。いや、もしかしておれがわかり易過《やす》ぎるのかもしれない。反省します。

「あたしとママはね、渋川市主催の『温泉と女性と文学コンクール』のエッセイ部門で受賞したの。二人揃って、よ」

「へ?」

ここでおふくろが、ふっと微笑《ほほえ》む。結婚して二十年ちかく経ったというのに、親父はこの笑顔にめろめろだ。今も、おれの背後で、マタタビを嗅いだ猫よろしく、でれぇっと締まらない顔つきになっているに違いない。アホらしいので、一々、確かめないが。

「あたしは佳作だったけど、梅ちゃんは最優秀賞だったの。すごいでしょう。その副賞が、伊香保温泉ペア宿泊券二泊分と十万円」

「十万!」

「それに、図書券五万円分なの。なかなかでしょ」

なかなかだ。かなりのなかなかだ。

渋川市に負けていないか、香川県。

「応募規定があって、女性だけしか応募できないの。ほら、伊香保って女性のための温泉ってイメージあるでしょう。婦人病の療養にはもってこいの泉質だから」

おふくろの声音《こわね》が優しく、丸くなる。

諭《さと》されているようで、少し気に入らない。

「……だから、応募のことも受賞のことも、黙ってたのか。伊香保がらみなら、せめて受賞したことぐらいは、リアルタイムで教えてくれてもよかったのに」

「お兄ちゃん、忙しかったじゃない」

梅乃が座っているおれをちらっと見下ろした。口調が心做《な》しか尖る。

甘えないの。すねないの。みっともない。

妹に叱《しか》られた気がして、おれは首を竦《すく》める。どうしてだか、隣で親父も同じ格好になっていた。付き合いのいい男だ。

「受賞が決まったのが三月の初めだったの。お兄ちゃん、甲子園出場が決まって、必死に練習してたときじゃない。ママが余計なこと言わない方がいいって、お兄ちゃんには野球のことだけを考えてもらいましょって言ったの。あたしも、そう思った。だから、黙ってたの。お兄ちゃんには伊香保より有馬、ううん、酸《す》ケ湯《かゆ》のことを考えてほしかったしね」

梅乃の後半部分の発言について、少し、補足説明する。

今回の甲子園出場に大いに高揚した、我がさいとう高校の渡辺《わたなべ》校長（本人曰《いわ》く、元高校球児）が、甲子園出場を祝い野球部全員を有馬温泉に招待し、なおかつ、優勝のあかつきには、かの、かのかのかの青森県は八甲田山《はっこうださん》の酸ヶ湯温泉に全員連れて行くと宣言。その言葉通り、甲子園敗退後（う、ちょっと痛い）、おれたちは有馬の湯を堪能した。

鈴ちゃんが確認したところ、〝甲子園優勝酸ヶ湯温泉ツアー〟の企画はまだ健在であるそうだ。つまり、甲子園で優勝すれば、おれたちは即行、青森に飛び、酸ヶ湯のあの荒々しくも繊細な温泉を我がものにできるのだ。渡辺校長曰く、

「鈴木くん、ぼくは校長として甲子園出場の夢を果たすことができた。野球部のおかげだよ。これ以上望むと罰が当たるような気もするが、もし、もし、甲子園の優勝校の校長なんて立場になれたら……ああ、なれたら……その場で雷に打たれても文句は言わない。酸ヶ湯なんて、お安いもんだ。生命保険を解約したって、退職金を前借りしたって、家を担保に借金したって、みんなを連れて行くよ」

であるとか。鈴ちゃんは、「いやあ、家を担保にしてまで酸ヶ湯に行く必要はあり

ませんから」と一応、辞退したものの校長は酸ヶ湯に固執し（校長、もともと青森市の出身であるらしい。さいとう市出身の奥さんと大恋愛の末、こちらで暮らす選択をしたとか。なかなかに情熱的だぜ）、酸ヶ湯宿泊の際は、全員に八甲田のイノシシを鍋にして（つまり、牡丹《ぼたん》鍋だね）、振る舞うとまで約束してくれた。

以上、補足部分でした。

「お兄ちゃん、あたしね、お兄ちゃんが甲子園のマウンドで投げる姿を見て、すごく誇らしかった。あそこで投げてるの、あたしのお兄ちゃんよって叫びたかった。ふふ、周りは近所の応援団なんだから、叫ばなくたって知ってるよね。でも、それくらい、お兄ちゃんのことが誇らしかったの。お兄ちゃんはあたしの誇りよ」

「梅乃」

「あたしも、お兄ちゃんにとって誇りになれる妹でいたいって、思うの。あたしには野球はできない。あたしができるのは、好きなのは書くことだけ。温泉エッセイストとして活躍する。その夢を追いかけ続けることだけ。その一歩が今回の受賞なの」

「梅乃」

「お兄ちゃんは、あたしの誇り。だからこそ授賞式のあたしの姿を見て、お兄ちゃんもあたしを誇らしいって感じてもらいたい。そんなことをずっと考えていた。ふふ、伊香保と甲子園じゃ舞台の大きさが違い過ぎるかな。やだ、涙が出てきちゃった」

梅乃が指で涙を拭《ぬぐ》う。

「梅ちゃん」

おふくろも目頭を押さえている。

「梅乃、おまえは……」

親父も洟《はな》をすすりあげている。

「あたしの姿を見てといっても、なあ」

おれは涙ぐむ山田家の面々に視線を巡らせた。

「伊香保にいかほないんだから、見ようがないよな」

「は？」

梅乃の眉間に皺が寄った。

「お兄ちゃん、つまんないダジャレ言わないでよ。せっかくの雰囲気が壊れちゃうじゃない」

「そうだ、勇作、空気を読め、空気を」

「だって、出席もしていない授賞式をどうやって見ればいいんだよ。NHKで生中継でもしてくれんのか」

「……地元のケーブルテレビは取材に来るって」

「んなもの、見ようがないじゃねえか。それに、さっきから気になってたんだが、おまえの台詞とさっきの親父の台詞、ビミョーに重なってねえか。つーか、かなりかぶってるよな」

「ぎくっ」

「どきっ」

親父と梅乃が同時に黒目を泳がせた。

二人の視線が注《そそ》がれた先はリビングのテーブルの上。そこに、黒っぽい表紙の本が一冊、置かれていた。

おれは何気に手を伸ばす。

「きゃっ」

と、梅乃が叫んだ。

「あちゃっ」

と、親父がさらに首を竦めた。

「うむっ」

と、おれは唸《うな》った。

本のタイトルは『管理職必読！　この一言で周りが変わる』だ。

ぱらぱらめくってみる。

まあ、このところやたら目に付くノウハウ本の一種みたいだ。幾《いく》つかのキーワードが羅列してあって、その使い方を指南《しなん》している、のかな。よく、わかんないけど。

うん？　この栞《しおり》が挟まってるとこは……。

みんなに人気の決め台詞ベスト3　これを使いこなせるなら、あなたの人気は不動のものに。
1　おれが全ての責任をとる。
簡単なようで、なかなか口にできる台詞ではありません。そうとうの覚悟が必要でしょう。だからこそ、最強の決め台詞となります。この一言で、あなたは部下の心をぐっと摑めるでしょう。謂《い》わば、伝家の宝刀、ここぞというときに使ってこそ意味がありますよ。乱用すれば、かえって信用を失い、人心が離れていく因《もと》ともなりますから、用心してください。

この台詞を口にするときは躊躇いを見せてはいけません。真剣で、決意を秘めた強い眼差しで相手を見詰めるのです。それによって、あなたの覚悟が伝わります。台詞を発するときの表情、仕草《しぐさ》、声音、口調、目つきなどを繰り返し練習することが必要です。

※表情等の練習につきましては、２０１ページからの実践編を参考にしてください。

2　おまえ一人で生きているわけじゃない。それを忘れるな。

これは、なにかしらの悩みを抱えている部下、失敗をして落ち込んでいる人などに、さりげなく伝えると大変、効力のある台詞です。

悩み、挫折感、喪失感等々を抱いている人は往々にして、疎外感や孤独感を普通より強く感じるものです。それが、またストレスになって鬱々《うつうつ》としてしまう。まさに負のスパイラルというやつです。そういうときに、この台詞が生きてきます。

「おれが力になる」とか「悩みがあるなら話してみろ」等々の直接的な台詞は、悩み、ストレスで気持ちが萎縮《いしゅく》している人には逆効果になり、心も口も閉ざさせてしまう危険性があるのです。あくまでさりげなく、独り言のように呟《つぶや》くのがコツでしょう。

3　おまえ（たち）は、おれの誇りだ。

これは、部署全体で何かを成し遂げたとき、びしりと決めてください。プロジェクト的な大掛かりなものでなくともいいのです。小さな成功を印象的な言葉で褒める。これも管理職の技術として大切なのです。なお、この台詞は、冷静で自分を客観的に見ることのできる人には些か不向きであると心得てください。少し大仰な言い回しが却《かえ》って相手を白けさせ、遠ざける危険性があります。

逆に、単純で素直なわりには頑固な面もある相手には効果的な一言でしょう。言葉は悪いのですが、相手を持ち上げる、俗にいう「ヨイショ」の一種だと考えてください。むろん、本気で相手を誇らしいと思い、伝える気持ちがベースにあれば性格云々ではなくちゃんと伝わるものです。ただ、単純で素直、かつ、頑固という人間は意外に扱い難《にく》いものです。そのあたりを、この台詞を使って上手にやってみましょう。

おれは、本を閉じた。

ちっちと舌を鳴らした。

できるだけ抑揚の無い口調で言った。

「ふーん、単純で素直で、かつ頑固ねえ」

「勇作、おまえは素直だぞ。実に素直だ。素直が野球しているようなもんだと、おれは常々思ってた」

親父がばたばたと手を振る。おいでおいでの高速バージョンのような動きだ。

「で、単純で頑固でもあるんだよな」

「いや、そこは考えなくていい。考え過ぎは身体に毒だ。おまえは何の心配もしなくていい。おれが全ての責任をとる」

親父は口元を引き締め、軽く胸を張った。真剣で、決意を秘めた顔つきのつもりらしい。鏡の前で、かなり練習したんだろうな。

梅乃も、おいでおいでの中速バージョンで手を振る。

「お兄ちゃん。誤解しないで。あたし、そんな本一行も読んでないから。読んで、あ、お兄ちゃんで試してみようなんて考えなかったからね。パパだって読んでないわよ。ね、パパ」

「読んでない、読んでない。勇作で試してみようなんて思ったことは一度もない」

「ほらね。だから、そんな暗い眼つきしちゃだめよ。いつものように明るく笑って。お兄ちゃんらしく笑ってよ。お兄ちゃんは一人で生きてるわけじゃない。それを忘れないで」

おまえらなぁ、いいかげんにしろよ。

と、言いかけたとき、おふくろの呟きが聞こえた。

「登別でも……」

耳朶《みみたぶ》がひくっと痙攣《けいれん》したのを自覚する。身体が勝手に前のめりになった。親父も梅乃も全く同じ体勢になっている、こういうとき、血の繋がりとやらをしみじみと実感する。

山田家の血統については、どうでもいい。

おふくろ、今、確かに「登別」と言ったな。

おふくろ、山田富士子が夫と息子と娘を前に艶然《えんぜん》と微笑む。親父がふらつく。艶《つや》っぽい笑みにくらっときて、一瞬だが登別が吹っ飛んだらしい。

恐るべし、富士子さんの微笑み。

「ママ、登別でもって、まさか……」

「それが、そのまさかなの。登別市が『温泉と家族と熊』をテーマにエッセイと小説を募集しているの。エッセイは原稿用紙五枚、小説は二十枚以内。締切は、今年の九月末。最優秀賞には表彰状と木彫りの熊（大）、副賞としてエッセイ五万、小説十万の賞金と」

ここで軽く息を吸い、おふくろはわれわれを見詰めた。親父が浮かしていた腰をおろす。これは妻の眼差しにくらっときたのか、中腰の姿勢がきつかったのか不明だ。

「登別一流豪華グランドパレス花屋敷ホテルのスイート宿泊券二泊ペア二組分＋往復の交通費が贈られるんだって。優秀賞でもエッセイ、小説に各二万の賞金と木彫りの熊（小）、副賞として登別一流豪華グランドパレス花屋敷ホテルのジュニアスイート宿泊券ペア一組分が付くんだそうよ。因みに最優秀賞一編、優秀賞二編、佳作が五編だって。佳作の副賞は宿泊券じゃなくて、登別の特産品だそうよ」

目の前に花が散った。虹が架かった。光が舞った。天女が泳いだ、じゃなく、踊った。

登別温泉。

道南の名湯だ。名湯中の名湯だ。小学生のときに二度、訪れた。

クスリサンベツ川に沿って温泉街が細長く延びる。

熱海、道後、有馬、別府、白浜などとともに日本の代表的な温泉地だが、それにしては、素朴な雰囲気があって、その雰囲気と地獄谷の荒涼とした風景とがあいまって、独特の空気感が漂っている。

湯量、泉質の豊富さで日本屈指の温泉だ。

硫化水素泉、酸性泉、塩化物泉、硫黄泉、鉄泉、単純温泉などなど、十種類を超える温泉が湧き出ている。温泉好きにとっては、楽園みたいなところだ。

登別かぁ。

と、ちらっと考えただけで、涎《よだれ》が零《こぼ》れそうになる。慌てて口元を押さえて横を向いたら、親父も梅乃も手で口を押さえていた。血の為せる業《わざ》とはいえ、恐ろしくも滑稽《こっけい》だ。

「伊香保は女性限定だったけど、今度はそんな縛りはないわ。勇作、挑戦してみれば?」

「そうだなあ。けどなあ……」

「梅ちゃんは、エッセイ部門に応募するでしょ」

「もちろんよ。温泉エッセイストを目指す者が、こんな美味しい話を逃すわけないでしょ。登別一流豪華グランドパレス花屋敷ホテルの宿泊券なんてそそられるわ。あそこは確か、ホテルの下に湯元があって、大浴場には十二の湯船が揃ってんの。硫黄泉の洞窟《どうくつ》風呂は大岩をくり抜いて作られているし、鉄泉の舟形風呂はかなりの人気よ。うわっ、すてき。想像しただけでわくわくしちゃう。あたし、やるわ。伊香保の次は、打倒登別！」

梅乃がこぶしを突き上げる。

打倒しなくていいだろう、梅乃。登別を倒しちゃったら、全国の温泉ファンにどんだけ怨《うら》まれるか。

「勇作もやってみなさいよ。梅乃がエッセイなら、小説部門に応募してみたらどう」

うーん、正直、やってみたい気はする。『温泉と家族と熊』か。かなりの難題だ。『温泉と家族』までなら何とかなるが、そこに熊が加わるとなるとなあ。

「家族旅行で温泉に来ていた一行が露天風呂に入浴中、熊に襲われて食べられたってストーリーじゃ安易過ぎるよな」

梅乃が露骨に顔を顰《しか》める。

「お兄ちゃん、安易云々より酷《ひど》過ぎるんじゃない。それじゃ、安手のスプラッター・ムービー並だよ」

「いや、熊に頭を齧《かじ》られながら父親が『すまん、こんなことになって。おれが全ての責任をとる。早く逃げろ』と叫ぶんだ。そしたら、奥さんが熊と格闘しながら『あなたは一人じゃない。忘れないで』と答えると同時に熊の首に一撃をお見舞いして倒したという、感動とアクション満載のストーリーになる予感がする」

「やだ、お兄ちゃん、それ嫌味？　まだ引き摺ってんの」

「まだって、ついさっきじゃねえか。登別の前」

「間に登別が入ったのよ。過去のことは、きれいさっぱり忘れる。さっぱりお湯に流す。それが真の温泉人ってもんでしょ」

「うぐっ」

　おれは言葉に詰まる。

　確かに、温泉の話題を潜《くぐ》りながらぐちぐち言うのは、温泉人として恥ずべき行動だった。

「悪かったよ。親父、梅乃。温泉人として、さっきのことは全て、きれいに湯に流す。んでもって、塩江に行かせてもらう。登別へもチャレンジして、登別一流豪華グランドパレス花屋敷ホテルの洞窟風呂を満喫すべくがんばってみる」

「おお、それでこそおれの息子だ。おまえは、ほんとに素直……だ」

　親父、今、呑《の》み込んだろう。「単純」って単語をぎりぎりで呑み込んだろう。喉仏がきこきこしたぞ。言っとくけど、おれの素直、単純、頑固の三大要素はみんな、親父譲りなんだからな。

「真面目にやれば、登別の小説部門もいいところにいくんじゃない」

素直だけれど単純でも頑固でもないおふくろが（一度決めたら梃子《てこ》でも動かない強情さはある）、さらりと言った。

「なにしろ、野球部であれだけ鈴木先生にしごかれてるんですもの。文章力や創作力は、相当、鍛《きた》えられてるはずよ」

「富士子さんの言う通りだ。野球部の特訓のおかげで、勇作の文才に磨きがかかっているのは確かだ。読書量もぐっと多くなったし、さすが、さいとう高校の野球部だけのことはある」

「これからますます、力を増してほしいわね。その内、プロの作家が野球部から誕生するんじゃない。冗談じゃなく、そう思えるわ」

「それはありえる。プロ作家が生まれてもおかしくない環境だからな、さいとう高校野球部は」

父と母。山田家両親のこの会話に違和感をお覚えのみなさん、あなたの感性は正しいです。

プロ作家が生まれてもおかしくない環境の野球部って、どんなんだよ？　文章力や創作力と野球って関係あんの？　さいとう高校野球部、ちょっとヘンじゃない？

はい、そのような疑問を持たれるのも当然です。

それについては、次回、「塩江温泉での早足散歩は、チョウ刺激的だった。」編で説明致します。

とりあえず今回はここで。

ダ・スヴィダーニャ。

話が前に進んでいないと苦情、殺到。すみません。

これからじっくり、温泉とさいとう高校について語ります。

その二、塩江温泉での早足散歩は、チョウ刺激的だった。

みなさん、ズドラーストヴィチェ。

あ、これ、ロシア語のこんにちは、ね。英語だとHelloになるのかな。因みに、Good afternoonに当たるのは、ドーブルィ　ヂェーニだって。さっき、さよならしたばっかなのに、もうこんにちはかと突っ込まれるのはいたしかたないと思います。

これには、いろいろと事情がありまして、それをくどくど説明するのもどうかと考えられますので、もうしばらく、我慢してお付き合いください。

えっと、おれは別にロシア語の知識をひけらかしているわけじゃない。ひけらかそうにも、「さよなら」と「こんにちは」ぐらいしか知らないしなあ。でも、ロシア語って独特の響きが、ちょっといいでしょ。ぴんぴん尖っているけど、澄んできれいだ。やっぱり寒いから、発音もきらきら光るツララみたいになるのかな。関係ない？　だよね。関係ないけど、おれはこの冷たくて、尖って、澄んで、きれいな響き、わりと好きだ。

おふくろのおふくろは、もうとっくに亡くなったけれどロシア人で、長く日本で暮らした人だった。晩年は故郷のサンクトペテルブルクに帰り、そこで一生を終えた。おれの生まれる前のことなので、おれは祖母《ばあ》ちゃんの顔も声も知らない。写真で見る限り、きれいな金髪で優しい顔立ちで、映画に出てくる上品な老婦人のようだった。こういう人がお祖母ちゃんなのかと、子ども心にも誇らしかったのを覚えている（「祖母ちゃんは、おれの誇りだ」なんて言わないけどね）。

おれも梅乃もクォーターってやつで、それで、嫌な目に遭ったことはある。おれは一良も野球仲間もいたし、ちょいと髪の毛や瞳の色素が薄いぐらいで気にするほどのことはなかった。背も高いけど、同じ少年野球チームにいた、みっちゃん（岡野光正《おかのみつまさ》。ちょっと古臭い名前だけど、親父さんが武将オタクってわけじゃない）は、さいとう市で七代続いた酒屋の息子で、先祖はずっと日本人らしいがおれより上背があったぐらいだ。

周りに、陰湿、陰険なやつがいなかったって幸運、一良みたいな幼馴染がいたっていう幸運のおかげで、おれはわりにすいすいと暢気《のんき》に生きてきた。いまでも、わりに暢気くんかもしれない。けど、梅乃はそうはいかなかった。おれより濃く、祖母ちゃんの血をひいていて、肌なんか白過ぎるほど白い。目鼻立ちもくっきりしていて、美少女っちゃあ美少女だ（飛び抜けてはいないよ）。それが災いしたのか、梅乃の気の強さも一因となったのか、幼少期から苛《いじ》めに遭っていた。ここで事実を羅列するのも憚《はばか》られるような、苛めだ。梅乃の容姿、性格が一因かもと言ったが、それは、原因のほんの僅《わず》かな部分、一パーセント程度だ。残りの九十九パーセントは苛めたやつらの下劣な人間性にある。

今、思い出しても胸の内が煮えくりかえる気がする。梅乃は、人間性の根本を穿《ほじく》られ、踏みつけられるような目に遭った。ピークは小学三年生のころだ。まだ、八、九歳のガキンチョが何であそこまで残酷に、下劣になれるのか、おれは未《いま》だにわからない。子どもってものは大人より残酷で、異質な者を弾《はじ》こうとするんだ、なんて、専門家が語っていたけど（苛めによる自殺が相次いだころだ）、おれはちがうと思う。

大人、子ども、男、女。年齢にも性別にも関係なく、残酷で下劣な人間ってのは存在するんだ。性根が腐っているとは古い言い回しだが、人としての根腐れを起こしているとしか思えない。

誰かを攻撃して（実際に殴りかかるのではなく、言葉で）、苛《さいな》んで、それを喜びにしている。泣いて苦しんでいる同級生をへらへら笑って見ているのだ。

人の根が腐り、人の品位が欠落してしまっている。

誰かを傷付けて、いたぶって、それで自分の抱えているストレスや息苦しさの捌《は》け口にしているのなら、そんなやつらの胸ぐらを摑んで、「この、どあほう」と怒鳴りつけてやりたい。「てめえら、ぶつかる相手を間違えてんだろうが。よくも、うちの妹に八つ当たりしてくれたな、覚悟しとけよ」って。その前に、炒《いた》めニンニク（好物）とクサヤの干物（わりに好き）と納豆（好物）とラッキョウの酢漬け（苦手）をたっぷり食っといてやる。顔を背《そむ》けたくても、許さない。がっちり押さえ込んではぁはぁ息を吹きかけてやる。

おまえら最低だぞ。このままだと最低の大人になるぞ。一生、最低人間のまま終わるぞ。地獄に落ちるぞ。それで、いいのか。

って、臭い息とともに、怒鳴りつけてやるんだ。小学生のおれは、本気でそう思い、どうしたらその企てが叶うか本気で策を練っていた。妙案はなく、とりあえず、ラッキョウの酢漬けを食べられるよう特訓に励んだだけだ。昔も今も、おれ、ちょっとズレてるよね。情けない＆恥ずかしい。

実際怒鳴ったのは、親父だ。

梅乃を苛めていた相手に対し、「きみたちは最低だ。このままじゃ、最低のどうしようもない人間になってしまうぞ」と。相当な迫力だったらしく、主犯格（苛めって犯罪として成り立つと思う）の女の子があわや失神しそうになったと聞いた。親父はニンニクもクサヤも食っていなかったから、口臭ではなく親父の顔が本当に怖かったのだろう。後で親父が言うのに、一瞬だが、本気で殺意を抱いてしまったそうだ。

その子と一緒に行動していた一人の女の子は、翌日、両親に連れられて梅乃のところに謝罪に来た。目を真っ赤に泣き腫《は》らして、「梅乃ちゃん、ごめんなさい。ごめんなさい」「謝っても消えないよ」を繰り返した。

と、梅乃は言った。

「いくら謝っても、美世《みよ》ちゃん（その子、文倉《あやくら》美世って名前だった）のやったこと消えないよ」

おれもおふくろも親父も息を呑んだ。梅乃は決して、不寛容な性質《たち》じゃない。欠点はいっぱいあるけど、基本さっぱりして、寛容度はおれよりかなり高い。その梅乃がここまで言い放った。おれたちは、改めて梅乃の負った傷の深さを痛感したんだ。

正直、おれは身震いがして、オシッコをちびりそうになった。世の中がどんなものか知りもしなかった（今でも知らない）が、そこがとてつもなく怖いと感じた。一人だったら、恐怖のあまり泣き出していただろうな、きっと。

美世ちゃんもその両親も凍ったように動かない。おれたちも動けない。あのとき、山田家の玄関の空気はマジで凍り付いていた。

梅乃が身じろぎした。

「でも、美世ちゃん、謝ってくれてありがとう」

そう言って、梅乃は泣き出したのだ。

号泣だった。

「梅乃」

おふくろが梅乃を抱き締める。美世ちゃんも美世ちゃんの母親と抱き合い、声を上げて泣いた。あろうことか、親父はおれを抱いて泣いた。おれとしては、これはまったく頂けないが、抗《あらが》う雰囲気でもなく、身体を硬直させたまま親父の泣き声を聞いていた。一人はみ出した感じの美世ちゃんの父親は、「本当に申し訳ない。美世には、よく言い聞かせました。これからはこんな真似は二度としないと思いますので」と、詫《わ》びの言葉を繰り返したが、泣き声に掻《か》き消されておれ以外の誰にも届かなかった。

おじさん、おれだけは聞いてましたから。そこんとこだけは、少しでも慰めにしてください。

幸い、学年が替わって、クラスも替わって、苛めっ子たちと別れた（学校側の配慮だろう。親父にすごまれた女の子は家庭の事情とかで転校していた）梅乃は、気の合う友人たちとも巡り合い、小学校を無事に卒業した。今、地元の中学に通っているが、友人たちと〝温泉ガール〟を標榜《ひょうぼう》し、温泉サークルまで立ち上げた。

伊香保での授賞式には、サークル仲間も同席するそうだ。まあ、だから、山田家の問題は一応の解決を見たわけだ。

美世ちゃんの両親みたいな人や、本気で梅乃の側に立ってくれた担任の教師、何より娘を守り切ろうとした親父やおふくろがいたことは、梅乃にとって幸運だったんだろう。やれやれである。でも、おれは、苛めとかヘイト・スピーチのデモとか、他者を徹底的に拒む人たちのニュースを見るたびに、あの日の恐怖を思い出す。そして、思うんだ。

この人たち、温泉でのんびり心身をほぐした経験、ないんだろうなあって。

温泉（泉質は問わず）にゆっくり浸かっていると、身体だけじゃなくて心の硬直もとけていく。あの緩《ゆる》み、あの和みを知ってしまうと、他人を問答無用で拒むことなんて、馬鹿馬鹿しくてできなくなる。何でもかんでも受け入れるなんて不可能だ。そんなことする必要もない。でも、相手を受け入れようと耳を傾け、こちらを受け入れてもらいたいと話すことは大切だろ。

その大切さに心が至らないのは、温泉の快感を知らないからだと断じるのは、いささか早計だろうか。

でも、ときたま、ニュース画面に映る人たちのぎすぎすした不寛容な顔つきを目にする度、おれは「温泉に行けよ」と呟いてしまう。

おれ、やっぱり総理大臣になろうかな。でもって、温泉でのサミット開催を実現させようかな。国の偉い人たちが、ほんわか柔らかくなったら、国民も少しはぎすぎすした空気から逃れられるんじゃないかな。

山田総理かあ。案外いけるかも、むひむひむひ。

そう言えば、この前、鈴ちゃんが語ってた、な。ミーティングの後の、監督の一言コーナーのところで、だ。

「みんな、寛容でなくちゃ野球はできないからね。というか、ほんとうに野球が好きなプレイヤーは、みんな寛容なものなんだよ。ポジションを競うのも、試合をするのも、戦いには違いないけど、他人を拒む戦いとは違うからね。他人を切り捨ててしまう者に、野球はできないんだよ。ぼくが言わなくても、そんなことみんなはもう、わかってるだろうけど」

鈴ちゃんはそこで、ちょっぴり笑った。鈴ちゃんらしくない、淋《さび》しげな笑みだった。

この、監督の一言コーナーは新チームになってできたものだが、鈴ちゃんはたいてい「睡眠と筋肉の疲労回復について」だとか「緑黄色野菜の摂《と》り方」なんて実用的な話をしていた。たまに「浮世絵と春画」なんて、ちょっと胸ドキのテーマのときもある。それが、この日だけは、いつもと違った。実践的でも精神論でも教養講座でもない。もっと根本的な、鈴ちゃんが胸の奥にずっと仕舞《しま》っていた一言一言のような気がした。

他人を切り捨ててしまう者に野球はできない。

その一言に、梅乃の「謝ってくれて、ありがとう」の言葉が思い出され重なり、おれはまた、泣きそうになってしまった。

おれは何も知らない。

鈴ちゃんの真意も、梅乃の苦しみも、人の残酷さも崇高さも、何も知らない。でも、一つだけは覚えた。

他人を切り捨ててしまう者に野球はできないんだ。

はい、ということで話をリアルタイムに戻します。

おれはランニングシューズにスポーツウェアという格好で、塩江温泉某ホテルの前にいます。

些か寒いです。

四国なのに、香川なのに、塩江、寒いです。

でもこの寒さがいいんだよなぁ。

まず内風呂に入るでしょう。で、そこそこ、身体を温めるでしょ。となると自然に「そろそろ、外に行くかい」「おう、そうだな」って、露天風呂に足が向くでしょ。で、ドアを開ける。すると、ひゅーんと冷たい風が身体に触れてくる。危ない、危ない、ヒートショックにご用心（おれ的には、温泉で最期を迎えるってのも、ありだけどなあ。平均寿命＋五歳ぐらいまでは生きて、野球して、温泉を楽しむつもり満々）。ヒートショック、さすがに、十六歳には関係ないが、それでも身体を縮めながら露天風呂にじゃぼんと飛び込む。露天風呂って内湯よりやや温《ぬる》めのところが多いんだ。そのまったりとした温さと冷たい風がものすごく相性、いいんだよな。雪の中の露天風呂なんて、もう、この世の楽園だね。なので、寒い＋温泉は大歓迎なんだが、残念なことに、おれは今、温泉には入っていない。

ホテルの玄関で一良を待っている。

一良、遅い！

平日ということもあって部屋が空いているのか、ホテル側は何と一人一室の用意をしてくれた。いやぁ、塩江温泉某ホテル、なかなか粋な計らいをしてくれる。これで部屋に露天風呂でも付いていたら最高なんだが、そこまで贅沢言ったら怒られるよね（誰に？）。

おれは七〇一号、一良は七〇七号室だ。

何してんだ、あいつ。

不満が不安に変わり始めたころ、やっと、一良が現れた。

「一良、遅い！」

「あ、ごめんにゃ。つい」

「猫と遊んでたんだな」

「にゃっ？　どうして、わかっただにゃ？　売店のところに、白猫が三匹もいたんだにゃあ。シオちゃん、ノエちゃん、ヨシコちゃんだにゃ。このホテルのアイドルらしいにゃあ。可愛くて、つい遊んじまったにゃあ。遅くなってごめんにゃにゃにゃん」

「どーでもいいから、耳の後ろを掻くのは止《や》めろ。ヒゲの手入れも止めろ。おまえにぴんぴん尖ったヒゲはない。完全に猫化する前に、人間に戻れ」

まさか、売店に生きた猫が三匹もいたとは。これは、やばい。無類の猫好き一良は、猫に接すると三分間は猫化して使い物にならなくなる。売店には近づかない方が無難のようだ。

しかし、気になるのはヨシコちゃんという猫だ。他の二匹シオちゃん、ノエちゃんの名前の由来は十分過ぎるほど理解できるが、ヨシコちゃんはどこから名付けられたんだろう。支配人の奥さんの名か。はたまた、売店のおばちゃん関連か。

「よし、出発だ。勇作、お題は『若葉』。いいな」

「了解」

猫から人間に戻った一良と一緒に、早足散歩に出かける。

塩江は渓流の美しいところだ。渓流と若葉はよく似合っている。息の合ったアイスダンスのペアみたいだ。お互いを引きたてている。

空は青に薄《うつ》らと紫が混《ま》ざり始めた。浮かんでいる雲がほんのりと赤い。山間《やまあい》の町は日暮れが早いのだ。始まり掛けた春の宵に挑むように、ウグイスが鳴いた。渓流の音と交じり合い、軽やかな音楽になる。水面《みなも》と風の中に山桜の白い花弁が流れていく。

「いいとこだな」

一良が視線をあちこちさせながら、感想を述べた。

「ああ、いいとこだ」

ホケキョ、ケキョケキョ。

「それにしても、今日のおじさん、かっこ良かったな」

ホーホケキョ、ホーホケキョ。

「そうか」

「そうだよ。受賞の挨拶《あいさつ》、びしっと決まってたじゃないかよ。おれ、感激してウルっちゃったもんな。耳に焼き付いて、今でも覚えてるぜ。『さいとう市の栗はわたしたちの誇りです。その誇りがあったからこそ、ここまでやってこられました。それを香川のみなさんに認められて、こんな嬉しいことはありません。わたしは一人じゃない。くりくりくりりんりーむとうどんを、こんなにも愛してくれるみなさんがいてくれるのです』って。ほんと、感激だよ」

「まあ、応用は効かせてるな」

「は？　応用って？」

ホーケキョケキョ、ホーホケキョ。

「それより、一句できたぞ。『若葉あり　ウグイス鳴いて　温泉郷』どうだ」

「うーん、マンマって感じ。も少しヒネリ、いるんじゃね」

「なんだよ。じゃあ、おまえはどうなんだ」

「それが、傑作が浮かび掛けてんだけど……」

「ここでしっかりトレーニングしとかないと、四月の創作ランニングコンクールに出遅れるぞ」

ホーホケキョ、ケキョ、ケキョ。

「まったくだ。厳しいぜ、さいとう高校野球部の練習」

創作ランニングコンクールはさいとう高校伝統の、と言いたいけれど、鈴ちゃんが監督になってから始まった練習だ。

一風、変わっている。

高校の周りをランニングで一周する間に、その日のお題に沿って、短歌、詩、俳句、川柳、小説などを創作するものだ。作品が最優秀に選ばれると（選ぶのは野球部全員。主に拍手で決める）、購買の買い物券五百円分が貰える。おれは、今までに計五回の最優秀賞を頂いた。意外に文才あります、山田勇作くん（登別のコンクール、マジでいけるかも）。

一風どころか十風ぐらい変わってるでしょ。ヘンテコだよね。でも、鈴ちゃん曰く、「みんな、高校生の間に、自分の言葉で自分の野球を語れるようになるんだよ。それは、チームが強くなるコツでもあるし、みんなのこれからにとっても力になるからね」なのだ。

「走れ」とか「投げ込め」とか「チームの和を乱すな」とか、監督っぽい台詞を一切口にしない鈴ちゃんは、代わりに、

「みんな、しっかりしゃべってね」

と、言う。ともかく、しゃべれ。自分の想い、考えていること、気付いたこと、感じたこと、些細《ささい》なこと、ずっと胸に押し込んでいたこと、不平、不満、歓喜、驚き、笑い、悩み、口惜《くや》しさ、反省、期待、弱音、強がり、夢、落胆……、今このとき心にあるものを言葉に変えてみろ。と。

だから、おれたちはよくしゃべる。

練習の後、試合の後には必ずミーティングがあったから、そこでも、そして普段で

も、互いにしゃべり合った。言い争いみたいになることも、言葉が続かなくて口ごもることも、理解できなくて首を捻《ひね》ることも、反発を覚えることもあった。ミーティングが途中で成り立たなくなったり、行き詰まったりしたこともある。

鈴ちゃんは、どうなっても絶対に口を挟んでこない。にこにこ笑っていたり、瞬きしたり、身を竦めたりしながら、見ている。キャプテンの杉山《すぎやま》さん（杉山亮太《りょうた》さん。二番、セカンド。渾名《あだな》はコンガリくん。コンガリ焼けたトーストと同じ肌色をしているからだ）と副キャプテンの伊藤（司《つかさ》）さんが中心となって、ミーティングを進めていくが、この進め方が日々、上手くなっている気がする。そして、おれたちも日々、議論や発表や俳句や短歌が上達している。

野球部で言葉を駆使する力を鍛えられたおれは、今年、登別に挑戦するのだ。ふふふ、待ってろよ、登別一流豪華（中略）ホテルのスイートルームと洞窟風呂。硫黄泉も鉄泉もその他の温泉も待ってろよ。おれが、登別を制覇するぜ。

「『若葉うるわし　塩江で　われは猫と戯《たわむ》れけり』って、どうかな」

一良が問うてくる。

駄作だ。のけぞるほどの駄作だ。

「五・七・五になってない」

「新感覚の作品なんだ。やっぱ素人《しろうと》にはわかんないかな」

「よく、言うぜ。そんな駄作ばっか作ってたら、後輩に笑われるぞ」

一良の足が止まった。

「そうか。もうすぐ一年生が入ってくるな」

「一年生が入ってくる」

「けっこうな数、来るよな。きっと」

「もち。何てったって、おれたち、甲子園出場を果たしたんだぜ。おれたちに憧れて、わんさか新入生が押し掛けてくるさ」

おれは、一良の脇腹を肘《ひじ》で突っついた。きゃらきゃらと、一良がいつにもまして陽気な笑声《しょうせい》を響かせる。

「うひゃっ、もしかして、他のクラブから怨まれるかも」

「しょーがねえよな。こればっかりは『野球部定員いっぱいですから、サッカー部かバスケ部に回ってください』なんて言えねえもんな」

「言えねえよな」

「一良」

「何だよ」

「おれたち、いよいよ先輩になるんだな」

「まあ、後輩が入ってきたら、必然的に先輩になっちゃうな」

「むふふ、おまえ山本先輩、なんて呼ばれちゃうんだぜ」

「そっちこそ、山田先輩、だぜ。『山田先輩の力投、テレビで見てました。おれ、山田先輩みたいなピッチャーになるのが夢です』なんて言われたらどーするよ。まだ、どっかに中坊の雰囲気残した、初々《ういうい》しい一年生に、そーんなこと言われちゃったら困るんじゃないのか、山田先輩」

「いやあ、あっははははは。照れるなあ」

まだ見ぬ後輩に思いを馳《は》せ、おれは笑った。その笑い声に応《こた》えるようにウグイスが鳴いた。

ホーホケキョ。ホーホケキョ。

ブヒヒヒヒン。

「うん？　今、ウグイスが変な鳴き方したぞ」

「勇作、ウグイスじゃなくて馬だ」

「へ？　馬」

「ほら、あそこ。あ、ここ牧場じゃないのか」

道から少し下った場所に牛舎が見える。白地に黒い模様（黒地に白い模様か）の乳牛たちがずらりと並んで干草を食《は》んでいた。その横には、羊が三頭、やはり餌《えさ》を食っている。

その横に柵があって、馬が一頭いた。サラブレッドとはほど遠い、小さくてずんぐりしたやつだ。ポニーだろうか。

おれは戯れに口笛を吹いてみた。

そいつが顔を上げる。

とたん、おれは噴き出してしまった。

ものすごく不細工な顔をしている。鼻の穴が大きくて横に広がり、目は垂れ気味で、たてがみはぼさぼさだ。下手な福笑いより、ヘンテコだ。

「あはははは、何だよ、あの馬。すんげえ、おもしれえ顔してる。あはははは、あははははは」

「勇作、笑い過ぎ。あの馬、怒ってるみたいだぞ」

不細工馬は前足でこつこつと地面を叩《たた》いていた。確かに、
こらぁ、おまえ、ええかげんにしろよ。

とでも、言ってるようだ。

「ぶははははは。だって、あんなヘンテコな顔の馬なんて、初めて見たぞ。ぶははははは。笑える、笑える。マジ笑える」

「そう言やあ、確かにおもしろいけど……」

「だろ。はははははは。どうしたら、あそこまでおもしろい顔になれるんだよ。はははははは、いや、おかしいわ」

「勇作、いいかげんにしろ」

一良がおれの肩を摑んだ。

「馬が怒ってるってわかんないのか」

「馬に人間語が理解できるわけねえだろ。それに、柵の中にいるんだから、どんなに怒ったってどーしようもねえよ。はははは、不細工馬さん、かわいそうにねえ。ははははははは。やば、笑いのツボに入っちゃったよ」

「柵の中にいねえんだよ」

「え？」

「あの柵、戸に鍵がかかってなかったみたいだぞ。今、フツーに外に出てきたから」

「出てきたって……」

笑いが吹っ飛ぶ。おれは唾《つば》を飲み込んだ。

馬は柵の外に出ていた。そして、ぶるっと首を振った。

ブヒヒヒン。

それは紛《まぎ》れもなく、威嚇のいななきだった。

こりゃあ、そこのガキンチョ。ようも、散々笑い物にしてくれたな。ただじゃ、すまさへんで。覚悟しいや。

馬の声が聞こえた（なぜ、関西弁なんだ）。

「ひえっ、おれ、何にもしてません」

一良が逃げ出す。

「え？　い、一良、待てよ」

おれも走り出そうとしたとき、馬が地を蹴った。ものすごい勢いで、坂を駆け上がってくる。

「ひえええええっ」

おれは逃げる。それより他に為すべきことは、ない。為すべきことを為すのが男子の本懐。なんて、かっこつけてる場合かよ。怖《こえ》えよ。むちゃくちゃ、怖い。

牛舎から手拭を頬かむりしたおじさんが飛び出してくる。

「あ、ヨシコ、どこに行くんや。ヨシコ」

ええええ、ここでもヨシコかよ。香川県、ヨシコさん好きな県民性？

ブヒヒヒヒン。

ひえっ、猫のヨシコならまだしも、馬なんて嫌だよう。

足が縺《もつ》れた。当然、転ぶ。

一良が振り向き、「勇作！」と呼んだ。

うわぁ、もう駄目だ。一良、長い付き合いだったな。世話になった、ありがとうよ。まさか、塩江で馬に襲われるなんて思ってもいなかったけど、これも運命か。ああ、もう一度、露天風呂に入っておけばよかった。甲子園に行きたかった。登別に行きたかった。さらば、おれの青春。

ヴヒヒヒヒーン。

「ひええっ」

おれは頭を抱え込んで、その場にはいつくばった。

お許しください、お馬さま。二度とご尊顔を笑ったりはいたしません。謝ります。ごめんなさい、ごめんなさい。

ペロッ。

尻に柔らかなものが当たった。

え？　なに？

ペロッ、ペロッ、ペロロロ。

馬のヨシコさんが、おれの尻を舐めている。長いピンクの舌でゆっくりと……。あ、ちょっと、それ止めてください。いや、マジでヨシコさん、やばいっす。ほんとやばいっす。うわっ、待て、待て待て。ヨシコさん落ち着いて。ひえっ、まっ、前だけはご勘弁を。もろです。ヨシコさん、止めて……。

「ヨシコ、止めれ」

頬かむりおじさんが、ヨシコさんの首に手綱《たづな》を巻き付けた。

「お兄ちゃん、悪かったねえ。おれが柵を閉め忘れてたんや。ヨシコは若え男《わけ》が大好きで、気に入った男を追いかける癖があんだよ。びっくりしたか」

「……しました」

「んで、男の尻や前んとこ、舐めるのも好きで好きで。このところ若え男が通らなかったもんだから、欲求不満だったんやな。それともお兄ちゃんに一目惚《ぼ》れしたんかもしれんで。どっちにしても、すまんこった。勘弁してくれな。怪我《けが》とか大丈夫か」

「……大丈夫です」

「そっか。よかった、よかった。じゃ、ヨシコ、帰るぞ」

ブヒヒヒーン。

「駄目だ駄目だ。若え男の尻、舐めたやろ。それで満足せいや。これ以上は無理、無理。諦めや」

ブヒーン。

物悲しい一声を残して、ヨシコさんは去っていった。

「災難だったな、勇作」

一良が、おれの横にしゃがみ込む。

「羽合では育代さんに見られ、塩江ではヨシコさんに舐められ、散々だよな。ほんと気の毒になあ」

「ほっといてくれ」

「あっ」

「何だよ」

「できた。『馬の恋　若葉も揺れる　一夜かな』って、どう？」

「知るかよ、馬鹿」

翌朝、搾《しぼ》りたての牛乳とチーズのセットがホテルに届いた。贈り主は「馬のヨシコ」とあった。「馬のヨシコから、若い男の人へ　ごめんね、興奮して」なんて、メッセージ付きだ。あのおじさん、なかなかに茶目っ気がある。

どうして、おれのことだとわかったのか謎だと思ったら、昨日、ここに宿泊した若い男はおれと一良しかいないと判明。

牛乳もチーズもめちゃくちゃ美味しかった。美味しかったけれど、おれの傷は癒えない。

何しろ後ろから舐められちゃったんだからなあ。

「勇作」

一良が牛乳を飲み干し、ため息を吐《つ》いた。

「済んだことは忘れろ。あれは事故だ。おまえが責任を感じることは一つもない」

責任なんて感じるわけねえだろう。

「犯されなくてよかったぐらいに、開き直れ」

その開き直り方は何だよ。

「心機一転、さいとう高校に帰るぞ」

立ち上がり、一良がにやっと笑った。

「夏に向けて、本格的に動きだすぞ」

そうだ、夏だ。

後輩が入ってきて、おれたち先輩になって、そして夏だ。

甲子園が、酸ヶ湯が待っている。登別も控えている。

落ち込んでいる暇なんてない。

さいとう高校に帰ろう。

野球をしよう。

「行こうぜ、勇作」

「おうっ」

おれは既に、夏を感じた。

盛り上がる雲とぎらつく空。照りつける太陽。大歓声。光を放つ白球。風を切るバット。

夏はそこに来ている。

やるぞ。思いっきり、野球をやるぞ。

ブヒヒヒーン。

ヨシコさんのいななきを聞いた。げ、幻聴だ。

「おい、勇作？」

「だいじょうぶだ……。こんなことで、負けてたまるか」

おれはヨシコさんなんかに、負けないぞ。

ということで、ひとまず、ダ・スヴィダーニャ。

さいとう高校野球部の面々、またまた勢揃いです。

ゆっくりお楽しみください。

その三、〝憧れの先輩〟は雲の彼方に。

「勇作、おーい、勇作」

おれの目の前で古ぼけたグラブが揺れる。

と思ったら、一良の右手だった。

親指の付け根にホクロがある。かなり、でっかい。因みにおれは右の耳朶と臍《へそ》の横にホクロ、あります。

ちょっと色っぽくね。

ぽっちゃりしたカノジョが温泉に浸かりながら、おれの臍の辺りに指を這《は》わせている（貸し切り露天風呂なのだ。おれ的には錆《さび》色の鉄泉［一リットル中鉄イオン二十ミリグラムを含む」とか、黄白色の硫黄泉が好みだが、設定上、無色透明な塩化物泉としておく）。

「うふっ、勇作。こんなところにホクロがあるのね」

なんて、囁《ささや》くわけよ。で、おれはそこで少し気怠《けだる》げに髪を掻き上げて、耳朶を覗かせる（自慢じゃないが、おれわりと福耳なんだ。耳朶がふっくらしていて、でも全体としては大きくも小さくもない）。そして、やはり気怠げな声で告げる。

「ここにもあるぜ」

「まあ、こんな可愛いホクロを隠してたのね。ずるいわ。ふっ」

「あっ何するんだ。やめろ」

「ふふっ。勇作、ここ弱いのよねえ。それ、ふっふっふっ」

ぽっちゃりカノジョがぽっちゃり唇を丸めおれの耳に息を吹きかける。それ、ふっふっふっ。

「ぽちゃ子（仮名）、やめろ。くすぐったいじゃないか」

「ふふ、くすぐったいんじゃなくて感じちゃうんでしょ。いつもはクールな勇作が慌てるの、おもしろいわ。それに、すてきよ」

「まったく、悪戯《いたずら》な女だな。そっちがその気なら、こっちも遠慮しないぞ。どうだ、必殺ふっふっ返し。ふうっ」

「あ、いやん。駄目よ、そんなこと」

「それ、ふうっふうっふうっ」

「ああん。馬鹿ぁ。もう、温泉でこんないけないことして……」

「勇作、おーい、勇作。帰ってこい」

古ぼけたグラブにそっくりの一良の手(ホクロ付き)が、さらに激しく揺れる。風が起こって、おれの前髪をふわんと持ち上げた。

「何だよ、うるせえな。どっから帰ってくんだよ。おれ、ずっとここに座ってんだろうが」

一良はおれの前に立ち、何故か両手を合わせた。

「おまえの肉体は確かに、ここに座ったままである。しかし、魂《たましい》はどうじゃ。おまえの魂はおまえの肉体を離れ、遥《はる》か異界を彷徨《さまよ》っておるではないか。人はときにこれを白昼夢と呼ぶ」

「ば、馬鹿な。いっ、言い掛かりも大概にしろよ。おれが白昼夢なんて見るわけねえだろう。起きてますよ。起きてます。お目々、ぱっちり開いてますから」

おれは、わざと何度も目を瞬《またた》かせた。おれの睫毛、わりに長いです。一良には負けるけど。男の睫毛の長さは、女性におけるそれほど高い価値も必要性も見出し得ないので、負けても別に悔《くや》しくはない。

「勇作のこったから、温泉でぽちゃカノジョといちゃいちゃしてる妄想でも膨《ふく》らませてたんじゃねえの」

ポポちゃんが、おれの横で鼻を穿りながら言った。

うっ、鋭い。

おれは驚きを顔で表現しないように、頬の筋肉、主に頬骨筋《きょうこつ》と眼輪筋《がんりん》を必死で引き締めた。

幼馴染の一良がずばっ、ずばっとおれの心内を見透かすのは、まあ幼馴染だから当たり前としても（しかし、一良の幼馴染であるおれは、一良の心内を計りかねて首を傾げることが度々だ。この幼馴染バランスの狂いを何としよう）、中学のときからチームメイトだったとは言え、決して幼馴染ではないポポちゃんにまでずばっと言い当てられるおれって、どうなんだろう。もしかしたら、ポポちゃんが鋭いのではなく、おれがわかり易過ぎるんじゃ……。いやまさか、痩せても枯れてもおれはさいとう高校野球部のエースナンバー1を背負う男だ（さいとう高校でなくても、エースナンバーは1だろうと、下手なツッコミはご遠慮願いたい)。マウンドではポーカーフェイス、打たれようが失投しようが、ぽちゃ可愛い女の子を相手チームのスタンドで見つけようが、眉一つ動かさず、顔色一つ変えないとの自信はある。

そうでなければ、エースピッチャーは務《つと》まらない。気の弱いライオンが野生で生き延びられないのと、便秘の山羊《やぎ》が短命であるのと(ほんとに?)、喉風邪《かぜ》をひいたキリンが哀《あわ》れなのとほぼ同じ理屈だ。

「勇作って、ほんと、わかり易いからなあ」

ポポちゃんが鼻●を丸め、指先で弾いた。

突然ですが、ここでポポちゃんの紹介を簡単にします。

ポポちゃん。

本名　田中一慶。

ポジション&打順　ライト六番、かつ、リリーフ投手。

弱点　母親との喧嘩《けんか》にめちゃめちゃ弱い。

正体　隠れヤクルトファン。なぜ隠れているかと言うと、親父さんがものすごい、ものすごい虎キチ、つまり熱烈タイガースファンだからだ。何しろ、毎朝、庭に設置したポール(ポポちゃんの幼少のみぎり、鯉《こい》のぼり用に設けられたのだが、そこに翻《ひるがえ》る緋鯉《ひごい》を見て、親父さんは「わしの家の庭で、赤《あけ》ぇ鯉を泳がすわけにはいかんじゃろが」と何故か広島弁で叫び、泣いて縋《すが》る女房、子どもを蹴散らして、鯉のぼりを燃やしたとのエピソード、あり。ポポちゃん曰く「いや、それは鯉だけにかなり尾鰭《おひれ》が付いてるな。確かに燃やそうとはしたんだよな。でも、おふくろに張り飛ばされて、離婚すると宣言されて、それでお終《しま》い。うちの緋鯉、まだ、倉庫の中にあるぜ」だそうだが）に、阪神の球団旗を掲揚して、〝六甲颪〟を歌うのが日課だそうだから、筋金入りでしょう。

え？　ポポちゃんの紹介、前々回で済ませてる？　ほんとに？

本名が田中一慶で、ライトで六番で、リリーフピッチャーで、親父さんが超、超、阪神ファンで、ポポちゃんを一虎と命名しようとして、奥さん、つまりポポちゃんママの頑強かつ執拗な抵抗にあって、敢《あ》え無《な》く敗退したエピソードも、ポポちゃんがピッチャーとして甲子園のマウンドに上がったとき、感激のあまり号泣し、試合後息子を抱き締めて号泣し、未だにあの試合のＤＶＤを見る度に号泣しているというエピソードは……はぁ、だいたい知っている。あ……そうですか。くそっ、もっと紹介したかったのに。あ、いや、ポポちゃんの方じゃなくて、親父さんの虎キチエピソード。おもしろいんだ。おもしろさのてんこ盛りで。おれ的には、親父さんが本物のタイガースファンでよかったと心底から思ってる。例えば、三年前に甲子園の近くのホテルで幽霊騒ぎがあったんだけれど、それが実は……。いや、駄目だ。これ以上横道に逸《そ》れたら帰ってこられなくなる。おれは、『タイガースファン、おもしろエピソード集』を作ってるわけじゃない。野球部の文集係ではあるけれど。

じゃあ、次は早雲の紹介に移ります。

え？　それも知ってる？　おれ、そんなにしゃべったっけ。

「ポポちゃん、鼻●、こっちに飛ばすのだけは止めろ」

一良が顔を顰め、いやいやの仕草で頭を振った。

「どこに飛ばすのも止めろ。みっともない」

おれも、思いっきり顔を顰める。

「だって、暇なんだもん」

ポポちゃんが欠伸《あくび》とため息吐きの中間のような口の開け方をした。それから、無垢《むく》な子どものような口調で（ポポちゃん本人は、ちっとも無垢じゃない。無垢な男子高校生なんて生物が生息していたら、お目にかかりたいものだ）尋ねてきた。

「なあ、おれたち、何でこんなに暇なの」

おれと一良は顔を見合わせ、どちらからともなく目を伏せた。

確かに、おれたちは暇だ。

これは、予想外だった。実に、実に予想外だった。

春の風にさらされて、ぽつねんと座っているおれたち、暇を持て余しているおれたちの姿を誰が想像できただろう。予知能力でもない限り、誰もできはしない。

あ、ここで状況説明をしなくちゃいけないよな。ポポちゃんじゃなくて状況について述べるべきでした。ごめんなさい。

今日は、我が母校さいとう高校、略してさい高の入学式だ。

空はすかっと晴れて、どこまでも青く、校門近くの桜の大樹は今が盛りと咲き誇っている。触れなば落ちんという風情《ふぜい》だ。ほんとにちょっぴり風がそよいだだけで、花弁が幾枚も散って、舞って、傍《かたわ》らを行く者の視界を遮《さえぎ》る。

桜は遠くから眺めると、薄ピンク色の巨大な雪洞《ぼんぼり》にも見えた。内側に光源があって、柔らかく光を放っているみたいだった。

美しくて豪勢な春の一日だ。

ここで、一句。

豪奢なり　桜の照らす　通学路
どうよ。次回、創作ランニングコンクール最優秀賞、本気で狙っちゃうぞ、おれ。

お題が『弁当』や『禁煙週間』だとアウトだが。

と、あれこれ物思いに耽《ふけ》る入学式の朝（不意打ち的な突然タイムスリップ、ごめんな）、鈴ちゃん（鈴ちゃんについての紹介は……済んでるよね）が言った。時代劇に出てくる悪徳商人を彷彿《ほうふつ》とさせる揉《も》み手をしながら、だ。

「えっへっへ。みなはん、とうとう、この日がきましたで。入学式、新入生がりの始まりでんがな。〝がり〟のところに〝狩り〟を入れるか、〝刈り〟を入れるかはみなはんにお任せしまっさ。借金の〝借り〟、だけは入れたらあきまへんけどな。えっへっへ。わてが言うまでもない。みなはん、ようわかってまんな。今日一日、みなはんは鵜《う》でっせ。鵜飼の鵜になっておくんなはれや。それで、たんと新入生をくわえてきてくんなはれ。期待してますさかい。えっへっへっのへ」

と。場所は西校舎三階にある多目的教室。入学式の朝、おれたち野球部員は特別ミーティングを開き、新入部員獲得のための準備＆心構えを入念にチェックしていたのだ。

「監督」

部員の中から手が挙がった。

「はい、小川《おがわ》くん」

ご住職《じゅうしょく》が立ち上がる。
突然ですが、ここでご住職について、簡単に紹介します。まだだったよね？　あ、よかった。おれ、意外に他人の紹介が好きみたいだな。そっち系の仕事に就《つ》こうかな（他人紹介業って成り立つだろうか）。
ご住職。
本名　小川哲也《てつや》。
ポジション&打順　レフトで一番。
特技&特性　説法、法話。チーム一の俊足。
性格　わりにあっさり、控え目。高齢の女性に対する尊敬度が高い。でも、バッターボックスでは異様に粘り強くも攻撃的にもなる。たとえ、相手方のピッチャーが九十六歳の老女であっても、容赦《ようしゃ》なく打ちにいくだろう。その豹変《ひょうへん》ぶりをして、「あっさり控え目な刺し身のツマが、突然、辛子《からし》入り納豆オクラのとろろ掛けに変じた如《ごと》し」
と、言わしめたほどだ。誰が言ったのかは、定かではないが。因みにご住職の両親は二人とも公務員とか。お寺とは何の繋がりもないそうだ。なのに、これほど高僧の雰囲気を漂《ただよ》わせて飄然《ひょうぜん》と存在できるとは、やはり、ただ者ではない。

「失礼いたします」

ご住職、合掌《がっしょう》。

鈴ちゃんも釣られて合掌（鈴ちゃんはすぐに釣られる。前世は、釣り堀の魚だったのかもしれない）。

「監督は先ほど、新入生がりとおっしゃいましたが、我々がそこまで積極的に出る必要がありましょうか」

「と、いうと？」

「はい、あの、これは些か不遜《ふそん》ではありますが……」

ご住職が軽く咳払《せきばら》いする。心做し頬が赤らんだようだ。

「えっと、我々は先だって、甲子園に初出場を果たしました。二回戦で敗れたとはいえ、甲子園出場が快挙であることに変わりはないと存じます。なむなむ」

「まったく、その通りでございます。みなみなさまは、真によく頑張られました。それは万人の認めるところでございましょう。いや、人が認めずとも天は全てを承知のはず」

悪徳商人から山深い庵《いおり》に住む老僧へと転じた鈴ちゃんが、おごそかに受け答える。

「とすれば」

「とすれば？」

「わざわざ我々が鵜にならずとも、鮎《あゆ》、つまり入部希望者が殺到するとは考えられませんでしょうか」

「あっ、そりゃあそうだ」

早雲がすっとんきょうな声を上げた。気が短いので、徳の高い二人の問答についていくのが面倒になったらしい。

「そうですよ、監督。ご住職の言う通り、野球部は甲子園まで行ったんだから、ある意味、ヒーローじゃないですか。そんな、こっちから勧誘なんかしなくても、大丈夫、大丈夫。世話ぁないっす。濡《ぬ》れ手にシャボンがついてるようなもんで、向こうから押し掛けて、うはうは状態になりますって」

早雲、濡れ手にシャボンって、もしかして濡れ手に粟《あわ》を濡れ手に泡と勘違いしているばかりか、泡をシャボンと言い換えて、「どう。おれって洒落《しゃれ》てるでしょ」感を醸《かも》し出したつもりか。

恥ずかしい。

雰囲気が一変、俗に塗《まみ》れた。

が、こっちの方がさい高野球部には似合ってるかも。それが証拠に、静まり返っていた室内が俄《にわ》かに賑《にぎ》やかになった。幾つもの手が挙がる。どれも、指の先まで日に焼けて爪だけが白い。

「監督、木村の言う通りだと思います。新入部員の獲得というより、入部希望者の殺到に備えた方がいいんじゃないですか」

「整理券を配るとか」

「希望者は全員、入部させるんだよな」

「当ったり前だろうが。希望者を篩《ふるい》に掛けるみたいな真似、できるかよ。さい高野球部はあくまでオープンカフェなんだ。来る者拒まず、去る者追わず」

「カフェじゃないだろう。ティータイムはあるけど、カフェじゃない。あくまで野球部だ、忘れんな」

「しかし、篩なんて古い言葉、よく知ってんな」

「ここでダジャレか」

「祖母ちゃん家《ち》で見たことあるんだよ。祖母ちゃん、まだ使ってたぜ。現役の篩だ。祖母ちゃんも現役だ」

「すごい、すごい」

「整理券、作ろうか。今からなら間に合うぞ」

「それより、入部届は足りるのかよ。二、三十枚ぐらいしかねえんじゃねえの」

「ええっ、そんなに来るか」

「甲子園だぜ。しかも、一回戦、突破だぜ。下手したら百人ぐらい来ちゃうんじゃないの」

「うわぁ、ものすごい大所帯になるぞ。創作ランニングコンクール、続けられるかな」

「ティータイムも危《あや》ういな」

「そんな、おれの数少ない楽しみなのに……」

「退職したおっさんみたいなこと言うな」

「あのう……。マネジャー志望の女子の入部もありですよね」（↑これ、おれの質問）

「ぎえっ、い、今、勇作、お、お、女の子と言わなかったかあ」

「早雲、落ち着け」

「女の子が入ってくんのか。男じゃない女が、少年じゃない少女が、おっさんじゃないおばさん……でもない娘っ子が。うちに入ってくるんかあ。ほんとかーっ」

「早雲、落ち着けって。勇作の首絞めてるぞ。手を放せ、手を。あー勇作、白目剝《む》いちゃった」

「はああ、女の子……。女子マネジャー。女子のマネジャー。ああ、駄目だ。目眩《めまい》がする」

わいわいがやがや、ざわざわわあわあ、があがあ、こっくりこっくり、多目的教室は大変な賑やかさとなった（こっくりこっくりは、ポポちゃん他二名ほどが居眠りをしていた様子を擬音化したもの）。

「静かにしろ！」

一喝《いっかつ》で、その騒ぎは急速に収まっていった。

「静かにしろ！」と一喝したのは、むろん鈴ちゃんではない。鈴ちゃんは、「静かにしろ！」と一喝した杉山さんの横で、同意を示す如く頷いていただけだった。

このところ、とみにキャプテン力をアップさせた杉山さんのおかげで、室内はやや騒ぎの余韻《よいん》を引き摺りながらも、静まった。早雲だけはまだ、荒い息の音を漏らしていたが。それにしても、もうちょっとで絞殺されるとこだった。早雲の女子に対する過剰反応を計算していなかった。危ねえ、危ねえ。

「みんな、一つだけ。怖ぁ〜い話をしようかぁ」

鈴ちゃんが急に妙な粘度のある口調でしゃべり始めた。

「これはねぇ、ぼくの友人のそのまた友人の友人の身に起こった出来事なんだがね

かねえ。その友人の友人の友人……ちょっと面倒くさいから、仮に綺羅男《きらお》としておこう
ねえ。あぁ、男なんだよ、友人の友人の友人はぁ。ふふふふ」
監督、綺羅男って、キラキラネームのつもりですか。ぜんぜん、キラキラしてない
ですけど。
「綺羅男はタクシーの運転手を生業《なりわい》としていたんだよぅ。それは、六月の蒸し暑い夜
のことだった。綺羅男は長距離のお客を乗せた帰り、さいとう市に向かう道をひた走
りに走っていたんだ」
えっ、綺羅男さん、さいとう市の人だったんだ。
「山を越え、川のほとりに差し掛かったときは日もとっぷりと暮れて……いや、暮れ
たどころか、おそらく午前零時近かっただろうと、綺羅男は後で証言している」
どこで証言したんです。これ、警察がらみの話です？
「川のほとりに差し掛かったとき、ライトに黒い影が浮かんだと思った瞬間、衝撃が
きた。車に何かがぶつかったんだ。綺羅男は急ブレーキを掛けて、車から飛び降り
た。人を轢《ひ》いたと思ったんだ。マントヒヒでもゾウアザラシでもなく、人を、ね」
監督、さいとう市周辺にはマントヒヒもゾウアザラシも生息してないはずです。い
たら、ものすごいニュースです。

おれは、ちらりと一良を見やった。一良が頷いてくる。

そうだ。ゾウアザラシとは食肉目鰭脚《ききやく》類アザラシ科ゾウアザラシ属の動物の総称だ。ミナミゾウアザラシはアザラシ類中最大で、雄の体長は四・五メートル近くになる。体重は実に三・七トンにまでなるとか。成獣の雄の鼻はその名の由来のとおり、伸長し、膨らましたりもできる。一夫多妻でハーレムを作る。別に羨《うらや》ましいとは思わない。

と、これだけのことを視線で伝え、伝わるのだから幼馴染パワーとは真に偉大かつ強力なものだ。自然エネルギーの一環として、調査研究を進めてもらいたいと切に願う。

「綺羅男は血の気の引いた顔で、辺りを見回した。しかし、ライトに照らし出された道には人もマントヒヒもゾウアザラシも倒れてはいなかった。むろん、寝転んでも、立ってもいなかった。何もなかったんだ。ほっとしたのも束の間《つかのま》、綺羅男の脳裡に疑問がわいたんだ。むくむくとね。では、さっきの衝撃は何だったたんだと。綺羅男は非常に鋭い感性の持ち主だったたんだねぇ」

いや、そのシチュエーションなら誰でも不審に思うでしょう。綺羅男さん、特別鋭くはないと思います。

「おれは何を轢いたんだ。綺羅男はもう一度、辺りを見回してみた。真っ暗だ。湿った重い風が川から吹いてくる。闇《やみ》も重く、肌にねばりついてくるようだった。そのとき、綺羅男は聞いた。がさがさと草が揺れる音を。持っていた懐中電灯を、とっさに音のする方に向けたんだ。反射神経の優れた男でもあったわけだ」

いや、怪しい物音がしたら誰でも懐中電灯、向けますから。

おれの脳内一人ツッコミを無視し鈴ちゃんが続ける（脳内だから無視されるのは当然か）。

「懐中電灯の光に照らされて、綺羅男は見たんだ。得体の知れない黒い影を……。影はずるずると引き摺るような音を立てながら草の中に消えていった。そして、間もなくポチャンと水の音がしたんだ。それっきりだった。それっきり、物音は途絶え、闇だけが濃くなった」

「ひえ〜、マジでトイレ、行けねえ」

「監督ーっ。それで終わりですか」

「いやいや、ここからだよ、怖いのは。聞きたいかい？」

「聞きたい、聞きたい」

「みんな、怖いの好きだねえ。じゃあ、続けるよぅ。うふふふ。綺羅男はその事件の後、タクシー運転手を辞めた。夜の道を走るのが怖くなったのさ。新しい仕事、漢方薬の販売を始めたんだが、あ、綺羅男はもともと富山の出身だったんだよぅ」

越中富山の薬売りですか。何か話がどんどん嘘臭くなるような気がしてるのは……おれだけ？

「綺羅男はその仕事で成功して、相当の収入を得るようになった。そして、カノジョもできたんだ。三つ年下の美人じゃないけれど可愛い系のぽっちゃり娘、秀子《ひでこ》さんだ」

可愛い系ぽっちゃり。おれの理想じゃないか。もろストライクゾーンだ。ど真ん中だ。名前がやや古風な気もしないではないが。

「綺羅男は秀子さんにすっかり惚れこんで、出逢《であ》って一月《ひとつき》後にはプロポーズ、そして結婚の約束をとりつけた。後はとんとん話が進み、両家の顔合わせも終わり、結婚式の日取りも会場も決まり、そして、式の前日、二人は夕食を共にしたんだ。結婚式を挙げるホテルのレストランでね。因みにこれはホテル側のサービスの一つで、当ホテルで結婚式をお挙げのお二人には、前日、最上階のフレンチレストラン『トトラン・ボゥ・ルージョ』にてディナーを、また花嫁さまにおかれましては六階エステサロン『モード・トゥワ・フルリッチョ』にて全身エステをサービスいたします、てことらしいよ」

芸が細かいですね、監督。でもレストラン名もエステサロン名も二度と言えないでしょう。

「そのディナーのメインが鹿肉を使ったすき焼き風煮込みだった」

フレンチでしょ、監督。フレンチのメニューにすき焼き風煮込みは如何なものかと思いますが。

「鹿肉を食べながら、秀子さんが言った。『あたしの家って山の麓《ふもと》にあるでしょ。前の道でよく鹿が車に轢かれるの』。『へえ、鹿が』。『そうなの。鹿は頑強だから車に接触したぐらいじゃ死なないんだけど、もろに当たっちゃうとやっぱりね』。秀子さんの話を聞きながら、綺羅男の脳裡にはあの夜のことが……。『で、死んだ鹿、どうすると思う』。『どうするんだ？』。『解体して食べちゃうのよ』。『解体？』。『そっ。見つけた人が鹿をばらして、肉を近所に配るの。それを頂くのよ』。『そう……』。このあたりで、綺羅男は背筋が冷たくなるのを感じていた。胸騒ぎがして、汗が滲《にじ》み出てくる。『どうしたの』と、秀子さんが覗き込んでくる。その唇に、赤ワインのソースがべったり付いて、まるで血糊《ちのり》のように見えた」

ちょっと待った。すき焼き風煮込みじゃなかったんすか。赤ワインのソース、すき焼きには使いません。絶対に使いません。

「『そ、そうなんだ。しかし、事故死した鹿なんて美味しいのかな』。必死で平静を装う綺羅男。赤い唇を動かして、秀子さんがにっと笑った。『料理の仕方しだいだけれど、美味しいわよ。でも、鹿だけじゃないの』。『えっ？』。『車に轢かれて死んじゃうの、鹿だけじゃないの』。『……そうなのか』。『そうなのよ、例えば、アレなんか美味よ』。『アレ……』。『ふふふ、綺羅男さんにも食べさせてあげたいわ。めったに手に入らないけれどね』。そこで秀子さんはまた、にやりと笑った。限界だった。綺羅男は悲鳴を上げて、その場から逃げ出したんだ。結婚も取りやめた。綺羅男はそれから以降、八十六歳で亡くなるまで車のハンドルを握らなかったし、川の傍《そば》にも近寄らなかったそうだ」

は？　綺羅男さん、そんな年だったんすか。じゃあ、これ昭和の話なんすか。しかも二十年代？　さいとう市にタクシーなんて走ってたんでしょうか。時代設定、むちゃくちゃです。

「後に秀子さんは、『あたしがアレなんてごまかさないで、熊の肉ってはっきり言えばよかったんでしょうか。でも、熊肉を食べる女って、ものすごい肉食系みたいじゃないですか。綺羅男さんてどっちかというと草食系だし、ぼかした方がいいかなって思って……。あたしが浅はかでした』と語り、泣き崩れたらしいよ。因みに、綺羅男も秀子さんも生涯独身を通したということだ。お互いに忘れられない相手だったんだねえ」

鈴ちゃんが眼鏡《めがね》を外し、目頭を拭った。

法螺話《ほらばなし》、じゃなくて、ホラー話なのに涙？　方向性、完璧に間違ってます、監督。

「何てせつない話なんだ」

一良が洟をすすりあげる。

「悲しい恋でございますなあ。男と女の心のすれ違い。これればかりは、御仏《みほとけ》に縋っても如何《いかん》ともしがたいものです。合掌」

と、ご住職。

「純愛だ。久しぶりに泣いちまった」

これは、伊藤さん。本当に眼が真っ赤だ（蛇足だが、伊藤さんに花粉症の気はない）。

そうなの？　今の純愛で悲恋の話なわけ？　違うよな。みんな、さっきまで「怖《こ》え～」とか騒いでたじゃないかよ。

おれは戸惑いつつ、みんなを見回す。六割方が眼を潤ませているようだ。ポポちゃんはまだ転《うた》た寝《ね》の真っ最中だった。

これって明らかな鉄泉なのに、無色透明の塩化物泉だと言い張るのと同じだぞ。鉄泉も塩化物泉も神経痛、リウマチなどには同等の効能ありだが。

鈴ちゃんが眼鏡を戻し、吐息《といき》を一つ、零した。

「要するに、ぼくが言いたかったのは、人生、何が起こるかわからないってことさ。結婚を誓い、心から愛し合った恋人同士だって、ちょっとした行き違いで別れてしまう。そういう現実もあるんだよ」

はい？　そっち方向に流れるんですか。いや、若干、無理があると断言できます。無理、あり過ぎです。

「現実を舐めちゃいけない。甘く見ていると、手酷いしっぺ返しをくらうはめになる。気を引き締めて、今日、新入部員を迎え入れようじゃないか」

「おうっ」

「頼んだよ、みんな。甲子園のあの感激を新入生に伝えるんだ」

「おうっ」

「よし、久々にあれをやろう」

「おうっ」

　みんなが一斉に腕を真《ま》っ直《す》ぐに突き出す。

「いくよ、せいのーっ。それ、さい高、さい高、サイコー」

「さい高、サイコー、さい高、サイコー」

「それそれそれそれ、それそれそれそれ」

「さい高、サイコー。さい高、サイコー。さい高、サイコー。おうっ」

　いや、みなさん。おかしいでしょ。現実を舐めるななんて、そんな教訓、どこにありました？　舐めたのは、鹿肉のすき焼き風煮込みに使われていた赤ワインソースだけだったでしょ。どんな風に使われたのか、想像不可ですが。それに、綺羅男さんが見た黒い影って結局、何だったんすか。熊じゃないでしょ。ずるずる引き摺って、水の中ポチャンなんだから。

「よし、みんな、未来へＧＯ」

「おうっ」

　さいとう高校野球部メンバーは雪崩《なだれ》を打って、多目的教室から飛び出していった。

「うん、うん。いいぞ。みんな、やる気満々だ。これなら心配ないかも。あれ？　山田くんと田中くん、どうしたの？　みんなと一緒に行かないの？」

　鈴ちゃんが小首を傾げる。

「……いろいろ心に引っ掛かることがあって、出遅れました。ポポちゃんは、単に目が覚めなかっただけです」

「心に引っ掛かる？　それは良くないね、山田くん。ストレスは溜めちゃだめだよ。貯めるなら、さいとう信用金庫の定期にしなさい。ぼくもやってるよ」

「すばらしいアドバイスをありがとうございます。では、遅ればせながら、新入生の勧誘に行ってきます」

「任せたよ。この調子なら、うはうは入ってきそうだよねえ。入部届が足らなくなったら大事《おおごと》だよね。むふふふふ。入学式が終わったら、すぐに大量コピーしとかなくちゃ。いやあ、けっこう慌ただしいねえ。野球部監督ってのもたいへんだあ。むふふふふ」

鈴ちゃんの目元、口元がだらしなく緩む。

「現実をあまり甘く見ない方がいいと思いますが」

それに野球部監督のたいへんさって、そこですか。

「うん？　山田くん、何をぶつぶつ言ってるの。あ、郵便貯金の方が好きなら、そっちでも構わないんだよ」

「いえ……。さいとう信用金庫でいいです」

「ううん。よく寝た。おふくろ、朝飯、食わせてくれよ。頼むよ。もう、中年太りオバサンなんて言わないからさ。勘弁してくれ」

寝惚けているポポちゃんを背負うようにして多目的教室を出る。

「可愛い後輩がいっぱい入ってくるといいね。がんばろう〜」

鈴ちゃんのいつもより弾《はず》んだ（いつも弾んでいるが）声を聞きながら、おれの胸を一抹《いちまつ》の不安が過《よぎ》った。

大丈夫か？　さいとう高校野球部新入部員獲得は成功するのか。

ポポちゃんを背負い、廊下の窓ごしに見上げた空は不吉を暗示するように、曇り始めていた。

曇り始めていたと思ったら曇らずに、雲はとっとこ退散し、春の艶《あで》やかな晴れ空がまた、おれたちの頭上に広がった。

一抹の不安も不吉な予感もマイナス思考も現実の厳しさも、きれいに吹き飛ばしてくれるような瑠璃《るり》色だ。鮮やかな宝石の色だ。

実際には、吹き飛ばしてくれなかったけれど。

「なあ、何で、おれたちこんなに暇なの」

無垢な子どもの眼差しでポポちゃんが重ねて問う。問われて答えられる者がいるだろうか。

「入部希望者がこねえからだよ」

一良が端的に、ずばりと、容赦も遠慮もなく言い放った。

「何でこねえんだ」

ポポちゃんがなおも食い下がる。

一良、呻くように答える。

「それが解明されれば、改善の余地もあるのだが。実態の解明が遅れている今、何とも手の打ちようがないというのが、偽らざる我が部の状況だ」

「そんな悠長なことでいいのか。これは危機的状況だぞ。部員一丸となってこの難局に立ち向かうべく態勢を立て直さねばならんだろう。しかも、早急にだ。山本、わかっているのか」

「十分に承知だ。しかし、ここで逸《はや》って何とする。危機的状況だからこそ冷静さが必要なんだ。いたずらに不安を掻き立てても百害あって一利なし、ではないか。田中、おまえこそ何一つ、わかっていないんじゃないか」

「おれはこのプロジェクトに全てを賭《か》けているんだ。必死になるのは当たり前だ」

「それは、おれも同じだ」

一良とポポちゃんは、巨大プロジェクトの完遂に全てを賭ける男たちの熱きドラマの一部を演じているらしいが、そんなものは無視して、おれは密やかにため息を吐いた。おおっぴらに吐いてもよかったのだが、やっぱりため息って験《げん》が悪いかなあなんて考えてしまった。験を担《かつ》ぐ方じゃないんだけど、今回ばかりは験でも神輿《みこし》でも駕籠《かご》でも登山用品でも担いでやるぜって気分だ。それで状況が好転するなら、お安い御用だ。ほいさっさ。

ちっとも好転しない状況の説明をする。

むろん、手短に、簡略に、明確にだ。

さいとう高校では、入学式の後三日間、各部室の前で新入生のために部員たちによって、簡易入部受付と部活説明会を設ける習わしになっていた。生徒による生徒のためのセルフアクティビティで、基本、学校側は口を出さない。

志のある新入生は、この三日の間で意中の部に入部希望を伝える。おれは諸事情のため出遅れたけれど、去年は一良もポポちゃんも早雲も入学式当日に、野球部に入部届を提出したそうだ。

「……おれが上手くやれなかった。いや、失敗しちまったんだ……」

杉山さんが、ポポちゃんの横で項垂《うなだ》れる。

「キャプテン、何、言ってるんですか。キャプテンは完璧でした」

「山田、慰めてくれなくていい。おれが……失態をさらしちまったから……」

「失態なんて大げさですよ。大げさ。ちょっとダンスを踊っただけじゃないですか」

口にしてからしまったと慌てたが、後の祭りだった。一良が膝でおれの尻を蹴りあげてきた。

「ダンス……」

杉山さんは呻くと、さらに深く項垂れてしまった。杉山さんのこの失意の因について詳しく説明しよう。

入学式の後、〝一分アピール〟というイベントが催される。新入生の前で一分間の持ち時間内に、各クラブが活動内容、部の特色、魅力等々をアピールするものだ。まぁ、名前のまんまの内容だよな。

我が野球部は当然、キャプテン杉山（渾名はコンガリくんだよ。由来については……説明の必要ない、ですか）が壇上に上がった。

渾名の由来となったコンガリトースト色の肌に洗いたてのユニフォーム（膝のあた

りが薄ら汚れているのが、なかなかに粋だ）が映える。口調も落ち着いて、態度も堂々としている。

正直、これならいける。かなりのアピール度が稼げるぞと、おれは内心快哉《かいさい》を叫んだ。一陣の風が立ちこめた霧をはらうが如く、ミーティングの後、もやもやとしていた気分が晴れた。

さすが、キャプテン。

さすが、杉山さん。

コンガリ肌は伊達《だて》じゃない。

「我が野球部は、この春、念願の甲子園出場を果たしました。二回戦で敗れはしましたが、多くのことを学べたと思っています。ただ、二回戦を突破できなかった悔しさは確かにあり、その悔しさをバネにして、この夏、もう一度、甲子園に挑もうとしています」

ここで予期せぬ拍手が観客（？）から起こった。おれは胸が高鳴り、目頭が熱くなった。

いいぞ、キャプテン。

いいぞ、杉山さん。

聴衆（？）の心を確かに摑んでるぞ。

「甲子園は夢でも憧れでもない。手を伸ばせば摑める現実なのです。我々野球部員は全員、その現実を摑むために精一杯、手を伸ばし、日々練習に励んでいます。具体的な目標があるのは、やはり楽しいものです。部員たちは和気藹々《わきあいあい》と、しかし、甘えず惰性に陥らず、厳しいときは厳しく、楽しいときは楽しく、メリハリのある練習を続けています。練習メニューは、監督からのアドバイスを受けつつ部員たちが自分たちで考え、組み立てていきます。ですから、自分たちの練習、自分たちの野球をやっています。楽しく、充実感があって、実に楽しいものです」

ほおっと感嘆の声（たぶん）が、新入生席及びその保護者席から漏れた。

がんばれ、キャプテン。

がんばれ、杉山さん。

もう一押しだ。いけ、いけ、いけいけ。

楽しいを連発したところが微かに気にはなるが、そんなもの取るに足らない瑕《きず》に過ぎない。自転車で転倒して大腿骨《だいたいこつ》骨折の大怪我をした後で、蚊の大群に刺されたようなものだ。

う、この譬え、些か不適切だろうか。なぜ、こんな不吉な譬えが浮かんだんだ。宝くじで一億円を見事手に入れた直後に、二千五百円入りの財布と百均で買ったビニール傘を落としたようなものだ。こっちの方がずっと適切だったのではないか。なのに、なぜ……。

と、おれが狼狽《ろうばい》の極みに達したころ、壇上では杉山さんがスピーチの後半部分に入ろうとしていた。副キャプテンの伊藤さんと相談しつつ作ったというアピールは、実によく練り上げられていて熟練の名人芸を連想させた。

前半で野球部の自由闊達《かったつ》な空気と甲子園出場をさり気なく、しかし鮮烈に訴え、後半は部の具体的な活動に触れる予定になっていた。つまり、かの創作ランニングコンクールやミーティング、ティータイム等々について熱く語る予定だったのだ。

予定だったんです。ええ、予定だったんですとも。

前半を終えた時点で予定時間を数秒超えていた。それが、杉山さんに焦りを呼んだのか？　いや、杉山さんは焦ってなどいなかった。数秒の超過などいつでも取り戻せる。よしんば、超過したままアピールを終えても、直接の減点対象にはならない。

「野球部、熱いアピールをありがとうございました。熱くなり過ぎたのか、ちょっとだけ時間オーバーでしたね」と、司会担当の生徒会副会長（♂）から皮肉られるぐらいだ。何程のこともない。

「それでは、我がさいとう高校野球部の独創的な練習と活動について、述べさせてもらいます。この練習があったからこそ、ぼくたちは甲子園に出場できたと言っても過言ではありません」

杉山さんが声を張り上げる。

会場（さいとう高校体育館）の空気は張り詰め、いい意味での緊張感が漂っている。

「この調子なら四、五十人は堅い」

おれの横で、一良が呟いた。新入部員数の胸算用をたてたらしい。

「内五、六人は女子だ」

さらに呟く。これは願望の類《たぐい》だろう。やや見積もりが甘過ぎる。おれとしては二人か、多くて三人だろうと見当をつけていた。

「女子五、六人、まことけ？」

早雲が素早く反応した。ライナーに飛び付く俊敏な動きを彷彿とさせる素早さだった。因みに、このとき、一良は女子を〝じょし〟ではなく〝おなご〟と発音した。早雲の「まことけ？」は、その古風な言い回しに合わせたものと推察される。

さきほどの狼狽は一掃され、おれの脳裡には、おそらく一良や早雲の脳裡にも、野球部受付の長テーブル（学校の備品を借りた）の前に列をなす入部希望者の姿が浮かび上がった。内三人は女の子。内二人はぽっちゃり色白。

「甲子園、応援に行きました。最高に感動しました。あのときから、さいとう高校野球部がおれの目標になりました」

「ぜひ、野球部に入部させてください」

「おれ、野球部に入るためにさいとう高校に進学してきました」

「先輩たちに一日も早く追い付きたいです」

「尊敬してます」

「甲子園でプレイしたいです」

「おれもです。どんな厳しくもヘンテコな練習にも喰らい付いていきます。そして、先輩たちのような選手になってみせます」

「創作ランニングコンクールに興味を惹かれました。自信、あります。入部させてください」

「あのう……あたしたち、マネジャー希望なのですけれど。いいですか？　いいんですか。うわあ、やったぁ。よかったね、ぽちゃ子」

「うん。嬉しい」

「馬鹿ね。泣くことないでしょ」

「だって、憧れの山田先輩に逢えると思うと嬉しくて……。あっ、やだ、や、山田先輩がそこにいる」

「うわっ、ほんと。本物だ」

「あっ、だめ。失神しちゃいそう」

でへへへ。あっ、だめ。涎が出ちゃいそう。

おれは慌てて手の甲で口元を拭った。拭いながら、辺りを見回す。まだ見ぬぽちゃ子ちゃんは、どこにいるのだろう。

「まず、創作ランニングコンクールについてですが、これだけ聞けば、いったい何のことだと首を捻る人もいるでしょう」

ここで早雲が首を捻る。筋が凝っているらしい。

「創作ランニングコンクールとはつまり、ぎゃっ」

杉山さんがぎゃっと叫んだ。

顔にカナブンがぶつかり、そのまま額《ひたい》にへばりついたのだ。

「うわっ、やめろ。いてててて」

杉山さんは悲鳴を上げながら、カナブンを振り落とそうとした。一方、振り落とされまいとするカナブン、そのまま、杉山さんの額から頭頂部へと這い上がっていく。

実は、このあたり、後で杉山さんから聞いた〝カナブン事件〟の全容だ。カナブンはあまりに小さくて、観客席（？）のおれたちからは当然ながら目視できない。だから、おれを含めてそこにいたほとんどの者が、杉山さんは、

「創作ランニングコンクールとはつまり」

に続いて叫び声を上げ（掛け声だと思った者もかなりの数にのぼった）、踊り出したと見た。

「お、おい。創作ランニングコンクールってあんなだったっけ」

早雲が一良の腕を引っ張る。

「いや、まるで別物だ。あれでは、創作ダンスコンクールになっちまう」

一良が前を見詰めたまま答える。

「キャプテン、あのダンスで何を表現しようとしてんだ」

と、おれ。

「わからん。これぼっかりは理解できん。監督のブロックサインより難しい。テーマは何だ」

「だから、野球部の一分アピールだろ」

「何のアピールか読み取れないって言ってんだ。ううん、難問だ。まさか、こうくるとはな」

「難問過ぎるだろう。これじゃ、新入生は戸惑うばかりだぞ」

「その戸惑いを克服してこそ、野球部のメンバーになれる。そうか、そういう意味なのかもしれない。さすが、キャプテンだ」

一良が重々しく頷く。

「そ、そうなのか、勇作」

「すまん。まったくわかんねえんだ、早雲」

おれと早雲の疑問は、杉山さんから真相を聞くまで頭の中に居座り続けた。

結局、野球部の〝一分アピール〟は杉山さんのダンスの最中に時間切れとなった。

「はい、野球部、ありがとうございました。何とも、斬新でヘンテコなアピールでしたね。さすがに野球部だけのことはあります」

生徒会副会長（♂）の皮肉ともとれる一言とともに、杉山さんは舞台から消えたのだった。

それにしても、まだ春の盛りの四月である。カナブンの活発な活動時期には早いだろう。なのに、あのカナブン、何を思って杉山さんにぶつかっていったのか。

地球規模で進みつつある異常気象と何らかの関わり合いがあるのだろうか。謎だ。

おそらく一生解けない謎だろう。

こういうわけで、杉山さんはすっかり落ち込んでいるのだ。入部希望者が殺到でもしてくれれば、笑い話になるのだが、この開店休業状態では笑い話どころか、口にするのも憚られる。

「亮太のせいじゃないって。正直〝一分アピール〟の影響力なんて、そんなに無いと思うし。入部するつもりがあれば、アピールなんて関係無しに入部してくるに決まってる」

伊藤さんがさすがのフォロー、さすがの助け船を出してくれた。

「……そうかな」

「だよ。だいたい、ぶつかってきたのはカナブンの方だろ。亮太がカナブンにぶつかっていったわけじゃなし。事故だよ、事故。しかも不可抗力の事故だ。亮太に責任なんてまったくないぜ。カナブンが飛び込んでくるまでは完璧だったし。おれ、始まって七秒のあたりで泣きそうになったもんな。な、みんな」

おれたちは一斉に首を縦に振った。

伊藤さん、その通りです。始まって七秒がどのあたりかわかんないすけど、まったくその通りです。

「元気だせって。キャプテンのおまえが沈み込んでたら、部員も暗くなっちゃうだろ。ほら、いつもの亮太らしくてきぱき、指示を出せよ。どうしたら入部希望者が集まるか考えようぜ」

「うん、だな」

杉山さんが白い歯を覗かせた。仄聞《そくぶん》するところでは、杉山家のモットーは『歯は命』だそうだ。そして、虫歯撲滅キャンペーンに一家を挙げて取り組んでいるとか。コンガリ肌と白い歯のコントラストはなかなかのものだ。

よかった。

安堵《あんど》する。

やっぱキャプテンは元気、やる気、歯磨き、でいかなくちゃ。

「あれ、みんな。どうしたの」

鈴ちゃんが紙袋を提げて、とことこやってきた。

「やけに静かだね。もっと大騒ぎになっているかと」

そこで口をつぐむ。事態の異様さを悟《さと》ったのだ。

「あの……入部希望者は……」

おれたちは一斉に首を横に振った。

「いない？」

「いません」

「一人も？」

「一人も」

「誰も来ない？」

「誰も来ません」

「ひえっ」

鈴ちゃんは紙袋を後ろ手にして後退《あとずさ》りした。

「監督、その紙袋、何が入ってるんです」なんて尋ねなくても鈴ちゃんが一生懸命にコピーした入部届だとわかっている。

「ど、どうしたんだろうね」

鈴ちゃんが無理やり笑おうとして、頰を引き攣《つ》らせた。

「わかりません」

「作戦ミスじゃないかな。あの、守りを固めるより、もう少し積極的に討って出る戦法に切り替えたらいいかと……」

「今、部員のほとんどは入部呼び掛けのチラシを持って、学校中に散っています」

一良がグラウンドを見渡しながら、言った。遠い眼つきになっている。このグラウンドのあちこちで、部員たちは戦っているのだ。

「ご住職は校門のところで辻説法をしています。野球による魂の救済についてだそうです」

おれも答える。みんな、それぞれの戦いに果敢に挑んでいるではないか。

伊藤さんが、伊藤さんらしからぬ鋭い物言いをした。

「間者も放ちました」

「かんじゃ？　誰かが入院したとか」

「違います。間者です。間に者です。スパイです。お庭番です。つまり、他の運動部がどんな様子か探りにいってるんです。うちだけが閑古鳥《かんこどり》が鳴いているのか、はたまた、他の部も同じ状況なのか把握しておかなければ戦えませんから」

「な、なるほど」

伊藤さんの迫力にたじたじとなりながら、鈴ちゃんはなおも紙袋を隠そうとしている。

「で、誰が間者に？」

「それは、もちろん……あれ、誰だったっけ？　確か、間者にするならこいつしかいないと見込んで頼んだはずなのに……。あれ、亮太、誰だったっけ？」

「うん。おれもさっきから思い出そうとしてるんだけど、どうしても浮かんでこなくて……いったい誰だったか」

「前田《まえだ》くんだね」

鈴ちゃんがあっさり言いきった。

「あっ、そうです。前田だ、前田。監督、よくわかりましたね」

「いやまあ、そりゃあこう見えても、野球部の監督だし教師でもあるしね。前田くんは、選択授業で美術を選んでくれたんだ。なかなかにデッサン力があって、色彩感覚がおもしろいよ。それにタッチが力強いんだ。彼の野球も力強いだろ。ここぞというとき、最も頼りになるバッターだものねえ。彼のような代打の切り札がいるっていうのは、うちの強みだよ」

「はい。ほんとに」

おれは、顎が二重になるくらい深く頷いた。

前田さんについて、こんなに具体的にくっきりと語られるのを聞いたのは久しぶり……というか、初めてだ。

前田さん（下の名前は……だめだ、思い出せない）は、引きが極端に弱いと言うか、究極の影の薄さを誇っている。

例えば、野球部レギュラー某氏が前田さんを捜していたとする。

「前田、前田ぁ、おーい、どこに行った。うーん、いないなあ」

ここで某氏、喉の渇きを覚えペットボトルのスポーツ飲料を飲む。ついでに額の汗を拭く。

「ふー、美味い。やっぱ、スポーツ飲料は◎◇社の○△□が一番だなあ。別に◎◇社がおれのスポンサーになってるわけじゃないけど、つい呟いちまったぜ。うん？　おれ、なにをしてんだったっけ。誰かを捜していたはずだけど……。あれ、誰だった？　あれ、あれ……うーん、駄目だ、思い出せない」

「おれじゃないのか」

「えっ？　うわっ、お、おまえは、えっと……」

「前田だけど」

「そうだ。前田だ。いつの間におれの後ろに」

「いや、さっきからここに立ってたけど。おまえが、ぶつぶつ言いながら前を通り過ぎたんだよ」

「え？　そうなの？　いやぁ気が付かなかったな。さすが、前田だ」

「そりゃあどうも……」

　という具合なんだ。

　すごいでしょ。前田さんはさいとう高校が誇る、〝キング・オブ・影の薄い男〟であり、最強の代打なんだ。本来はキャッチャーなんだけれど、肩の故障からすっきり快復できなくて代打に回った。でも、これがすごい。前田さんの代打成功率は実に六割強、七割に迫っている。影の薄さとの関連は無いと思うんだけど、前田さんに対する相手ピッチャーの失投の多さは、軽く驚けるよ。それまで、びゅんびゅん飛ばして好投を続けていたピッチャーが前田さんには、すっぽ抜けの変化球とか、ストライクゾーンど真ん中のホームランコースにひょろっとしたストレートとかを投げ込んでくるんだ。

　〝前田さま、どうぞお打ちになって〟状態なわけだ。どうしてだろうね。前田さんの迫力にビビって腕が萎《な》えたってわけじゃなさそうだし。

「失投を見逃さないのが、前田くんのすごさだよ」

前田さんの代打サヨナラヒットで辛勝した練習試合の後、鈴ちゃんが言った。

「失投をしないピッチャーなんていないからね。でも、それを見逃さずに打っていくのは、そう簡単なことじゃない。前田くんは、それをとても簡単そうにやってるだろ。難しいことを簡単そうにやるってのは、名人芸の域だね。見事な職人技だよ」

この監督発言の直後、前田さんの渾名をメイジンにしようという案が提出された（どこで？）。

「いや、メイジンよりショクニンにしよう」

「しかし、メイジンの方が、より尊敬度が高い気がする」

「確かに。いっそ、アーティストってのはどうだ。お洒落っぽいぞ」

「渾名に洒落気を求めるのか」

「当然だろうが。渾名付けほど洒落気のセンスが求められる仕事はないぞ」

「えっ、渾名付けって仕事なの」

かくて論議は熱を帯びつつ、延々と続いた。そして、誰もが前田さんの渾名付けを忘れ、結局、前田さんは前田さんのまま明日を迎えるのであった。

閑話休題。

舞台は再び、さいとう高校野球部、部室前に戻る。

おれ、一良、ポポちゃんは受付係（一良、記入係）として、杉山さんと伊藤さんは、説明係として新入部員を迎え撃つべく、いや、撃っちゃだめだ。迎え入れるべく待機していた。しかし、どうしたわけか、入部希望者は一人として姿を見せない。おれたちは手持ち無沙汰《ぶさた》なまま、胸中に不安を募らせていた。

「去年はけっこう、賑わったのにねえ」

鈴ちゃんが目を伏せる。何とも悲し気な横顔だ。

「去年は木下《きのした》さんのお手製クッキーを配りましたから。しかもチョコとプレーンの二枚組で」

杉山さんが悲しみを堪えるようにこぶしを握った。

「ああ、そうだったね。部員全員でラッピングしてねえ。あれは好評だったよね」

「後から、調理部からずい分と文句や嫌味を言われましたけどね。野球部のくせにクッキーを配るとは何事かって」

「ありゃあ嫉妬《しっと》だよ。自分たちのクッキーより木下さんの方が美味しかったから、妬《や》いたんだ」

当時を思い出してか、伊藤さんが渋面《じゅうめん》になる。

「クッキーばかりか気持ちまでヤいたんだねえ」

鈴ちゃんの冗談はちっともおもしろくなく、おれは愛想《あいそ》笑いを浮かべる気にもならなかった。笑うどころか出るのは、ため息のみ。

と、そのとき。

目の前を誰かが過った気がした。

気のせいか。目の迷いか。

指先で瞼《まぶた》をぐりぐりと揉んでみる。

「ただいま戻りました。キャプテン、監督、由々《ゆゆ》しき事態です」

張り詰めたこの声は……誰だっけ？

「前田くん。お疲れさま。で、由々しき事態とは？」

鈴ちゃんの口調も心做し張り詰める。

そう、前田さんだ。うわぁ、前田さん、目の前を歩いたのに気が付かなかったよう。すげえよ。生まれながらの間者体質だ。

「はい。新入生の多くがテニス部に殺到しています。男女比は五対五と見ました」

「テニス部か……。前田くん、もしや」

「はい。明らかに錦●選手の活躍に影響されてのものと思われます」

「うーん、錦●選手か。強敵だな」

「それと」

前田さんは生徒手帳を取り出すと、素早くめくり始めた。

「サッカー部の人気も高いです。部室前は、男子生徒が列を作っていました。これは、やはりワールドカップやオリンピックに向けて、マスコミを賑わせているからではないでしょうか」

「うーん、ワールドカップとオリンピックか。手強《てごわ》いな」

「意外なのは、スカッシュ人気です。一時的にしろ東京オリンピックの競技種目に名前があがったことで、知名度が高くなったもようです。興味をもった新入生が大勢、おりました」

「うーん、野球は正式に競技種目に入っているんだがな」

「やはり、新鮮味でしょうか。新聞部を装い、入部希望者に取材をしてみましたが、『運動量が相当ありそうなので、ダイエットにいいかもって思いました』とか『室内スポーツなので、日焼けしないのが魅力です。やはり、若いうちから紫外線対策は、しっかりしておきたいので』、『肩凝りに効果があると聞いたので』等々の美容、健康に関するものが女子を中心に目立ちました」

「そうかぁ。やはり世界的なメジャー大会及び昨今の美容、健康ブームには、さすがの甲子園も歯が立たなかったわけですか」

　鈴ちゃんの肩ががくりと落ちる。

「そんなぁ、甲子園ですよ。何てったって甲子園。痩せても枯れても甲子園。腐っても鯛の甲子園。みんなの憧れ甲子園。老いも若きも甲子園の甲子園ですよ。敗れるなんて信じられません」

　杉山さんが唇を噛み締めた。

　間者……えっと、あの……あ、前田さんだ。前田さんは感情の籠らない声で淡々と続ける。こういうところも、間者体質なんだな。

「あと、伏兵的だったのは調理部です。『料理は最も創造的な文化です。男子生徒も楽しく創作料理にチャレンジしましょう』をキャッチフレーズに、調理室で男子生徒向け料理教室を開いています。参加者全員には、部員お手製のマカロンをきれいにラッピングして配っています。一つ、味見してみましたがなかなかのものです。ここに、かなりの数の新入生が集まっていました」

「ううう～っ、おのれ、調理部め。江戸の仇《かたき》は長崎で討つつもりか。くそぅ、木下さんが卒業したのをいいことに、好き勝手なことしやがって。調理部としての信念はどこに捨てた」

一良が唸る。

「ほんとだ。部員獲得のためならなりふり構わんってわけか。マカロンだと、くそっ、恥を知れ。おれも食いたい」

ポポちゃんも唸る。

いや、まっとうでしょ、調理部。マカロンも料理教室もまっとうな勧誘方法でしょ。調理部なんだから。むしろ、去年の野球部のクッキーの方が変則なのでは……。

「調理部はまっとうです」

鈴ちゃんがきっぱり言った。

「どうやら、去年の敗北を糧に原点に戻ったようだねえ。それが効を奏した。とすれば、我々もそこに学ばない手はない。そう、我々も原点に返ろうじゃないか」

鈴ちゃんはおもむろに人差し指で、眼鏡を持ち上げた。

う、何か策略家の雰囲気を醸し出している。

「監督、原点と言うと……」

杉山さんが息を呑み込んだ。

おれも呑み込んだ。

一良も伊藤さんも呑み込んだ。

ポポちゃんは鼻[redacted]をほじくっている。

「試合だよ」

鈴ちゃんがにやりと笑った。

「試合？」

四人（杉山さん、伊藤さん、一良、おれ）の声が重なった。ポポちゃんは鼻の穴に指をつっこんでいたので、しかも、その指がどこかに引っ掛かったもようで上手く発音できなかった。

「野球の試合だよ。その楽しさを新入生にたっぷり、見せつけてやろうじゃないか」

「おおっ」

今度は五人の声が重なった。ポポちゃん、何とか指抜きに成功したらしい。

「監督、試合と言うと具体的には？」

一良が前のめりになり過ぎてバランスが崩れたにもかかわらず、右足を踏ん張って何とか転倒をこらえ、しかも、息を吸い込んだ拍子に鼻の内側に桜の花びらがくっつき、あやうくクシャミ三連発かというアクシデントを、それでも根性で凌《しの》ぎきり尋ねた。

「そうだね。本当は本格的な練習試合を組みたいが、今すぐには無理だよね。いや、甲子園に出場してからというもの練習試合の申し込みは引きも切らずあるんだけど。あり過ぎて監督としては断るのに一苦労してるんだよ。相手方に失礼にならないように断るって、コツがいるからねえ。あはははは」

鈴ちゃんは、「いや、甲子園に――」以下を声量を倍にして言った。その声は桜の香りの染み込んだ風にさらわれ、虚《むな》しく消えていく。つまり、誰の注意も惹かなかったのだ。

「だから、紅白戦をやりましょう」

周りの冷たい反応にも負けず、鈴ちゃんは胸を張り、堂々と宣言した。さいとう高校野球部監督（兼美術部顧問）に相応しい態度だ。

「おうっ、紅白戦」

一良以上に前のめりになりそうだ。バランスを崩す手前で己を律したのは、我ながらさすがだと心の中で自画自賛。

「野球のプレイを支えるのは地道な練習あるのみと、ぼくは信じてきたし、今もその信念は揺るがない。しかし、ときに派手なパフォーマンスも必要だと、今日、調理部に教わった。まさに、敵から塩を送られた心境だ。人生に良きライバルほど必要なものはないね」

調理部をライバル視するのって、野球部としては如何なものでしょう。些か懸念を覚えます。

まあ、細かいことに拘るのはやめよう。

わーい、試合だ、試合だ。

紅白戦だ。やったーっ。やったーっ。嬉しいな。

おれは、その場でぴょんぴょん跳ねようとする足を何とか抑え込み、「監督、おれに投げさせてくれますよね」と、少しクールめに尋ねてみた。

「うん、もちろん。山田くんは紅組の先発だね。ということで、白組の先発は、田中くんてことになる」

「へ？」

ポポちゃんが口を開けたまま、鼻の穴を広げた。都合三ヵ所から空気を吸い込む。

「監督、先発っておれが……ですか」

「そうだよ。山田くんが紅組で投げるなら、田中くんは白組で投げるしかないだろう。あ、一日おきに洗髪してますよなんて、ボケないでいいからね、田中くん」

「いや、そんなボケたボケは使いません。おれ、毎日、洗髪してるし。ああ、でも、先発かぁ。いいなあ、先発かぁ。まさか、おれが先発する日が来るなんてなぁ。この前まで、ただの高校生に過ぎなかったおれが先発かぁ」

　ポポちゃんが遠い目になる。

　おれもポポちゃんもただの高校生に過ぎないが、高校生だからこそ甲子園でプレイできるわけで、実にありがたいことだ。

　高校生、ばんざい。

「よし、よし、よし。では今日の練習予定は紅白戦に切り替え、でいいですね。監督」

　杉山さんが念を押す。興奮しながらも冷静さを忘れないのはさすがだ。温泉好き人間が良質の温泉に歓喜しながらも、入浴マナーを忘れない折り目正しさに相通じるものがある。

「もちろんだ。今こそ紅白戦だ。ここで紅白戦をしなければ、紅白戦の存在価値がない。いざゆけ、若人《わこうど》。若き力の見せどころ」

　鈴ちゃんが右手を腰に当て、左手を真っ直ぐ伸ばしグラウンドを指し示す。

　うっ、血が騒ぐぜ。

　新入生たちよ、おれたちが野球の真髄を見せてやる。錦[redacted]選手がどうした。オリンピックがなんぼのもんや。ワールドカップ、恐るるに足らず。料理教室は強敵だが負けはしない。

一良がおれの肩を叩く。けっこうな力だ。

「やろうぜ、勇作」

「おう。やろう」

紅白戦の一言でこんなに胸が高鳴るんだから、練習試合だと動悸《どうき》息切れで動けなくなり、本番の試合となるとあわや心臓停止の一歩手前までいっちゃうかもしれない。

では、ひとまず、ここで。

またね、みんな。

ダ・スヴィダーニャ。

「あの、すみません。ここ野球部の受付ですか」

中途半端に終わり過ぎと、苦情、殺到。すみません。

ここから再び、さいとう高校の熱き日々を語ります。

その四、ついに新入部員、登場か？

えっと、みなさん、こんにちは。Hello、Hello、ズドラーストヴィチェ。

いや、これから紅白戦だ！　で終わろうかと思ったんだよ。これから紅白戦だ！　で終われば、余韻残るし、何となくこれからって感じで乞うご期待って雰囲気になるもんね。

まさかここで、背後から声がかかろうとは、如何《いか》なさいとう高校野球部員でも予測できなかった。おそらく、占星術クラブメンバーでも無理だろう。

「あの、すみません。ここ野球部の受付ですか」

その声に、おれたちは一斉に振り返った。

確認したわけじゃないけど、顔、首、身体と続く一連の捻りを鈴ちゃんも含めた我々六人が、一糸《いっし》乱れぬ動きとして完遂したことは確信できる。

それは、おれたちに振り向かれた相手の驚愕《きょうがく》、仰天の表情からも十分に窺《うかが》えた。

男だ。しかし、可愛い。ポポちゃんや早雲みたいにがちがちしたいかつさは、まるでない（当然のことながら、おれは自主的に削除。一良もいかついって感じじゃないから、削除）。

「あ、あの……違いましたか」

いかつさの欠片《かけら》もない男は僅かに後退りしながら、驚愕、仰天の表情を強張《こわば》らせた。背はやや高めながら、全身の線は細い。華奢《きゃしゃ》とまでは言わないが、これからどう変わるかわからない不安定感みたいなものがある。

顔も小さい。

顎が尖って、目がぱっちりしてて、「来月、アイドルデビューします」って言われたら、意外にすんなり信じてしまうかもしれない。少なくともおれは、信じちゃうだろうな。

「はい、こちらは野球部受付でございますが」

杉山さんが猫なで声で答える。伊藤さんは招き猫よろしく、おいでおいでと手を振っている。

「あ、やっぱり。よかった」

まったくいかつくない男がほっと息を吐く。安堵の吐息だ。

「青森まで行かなくても、入部受付してもらえるんですね」

「入部」

杉山さんの双眸《そうぼう》が煌《きら》めく。いや、ぎらつく。三日ぶりに餌にありついた野良猫のように。

「もしかして入部希望の方でございますか」

「は、はい。や、野球部に入りたいんですけど……」

「わおっ」

ポポちゃんが歓声とも雄叫《おたけ》びともつかぬ声を上げた。

「やったぁ、入部希望者第一号だ」

いかつさとは無縁の男の頭上で、幻のくす玉が割れた。幻の『祝　入部希望者第一号』の垂れ幕が風に翻り、幻のファンファーレが鳴り響く。

「はいはい、ようこそ、さいとう高校野球部においでやす。ようもきんさった。お疲れさま。はいここに」

揉み手をする杉山さんに、伊藤さんが入部届を渡す。ぴったりと息の合ったプレイだ。

「お名前とご住所を書き込んでください。筆記用具はこちらに用意してあります。ボールペン、筆ペン、鉛筆等々取り揃えてありますから、お好きなものをお選びください。はい、それだけですよ。それだけで、あなたは明日、いえ、今日からさいとう高校野球部の一員です。おめでとう。よくぞ、この狭き門をくぐってこられました」

「はあ……」

いかつさなど薬にしたくても無い男は、やや臆しながらもボールペンを手に取った。

「あの、その前にちょっと聞きたいんだけど」

おれの問い掛けに、いかつさとは真反対の風貌《ふうぼう》の男が顔を上げる。

「いや、その前にまず名前を。ともかく、入部届に記入してくれ」

杉山さんが必死の形相で促す。

「でも、キャプテン、気になることが……」

「山田、余計な口を挟むな。さっ、早く、ここに名前を書いて」

杉山さんの迫力に気圧《けお》されたのか、いかつさの対極にいるかのような男は無言で頷き、名前を記入した。

　長瀞　智樹
「ながとろって珍しい苗字《みょうじ》だな」

　呟いていた。いかつさを完全に捨てた風の男は、おれをまじまじと見詰めてから、はにかんだ笑みを浮かべた。

　うっ、可愛いじゃないか。

「一発で読んでもらったの、おそらく初めてです。振り仮名をつけなくちゃ、たいていの人は首を傾げます」

「へえ、そうかな。秋田県にあるよ、長瀞《ながとろ》温泉」

「え？　温泉？」

「あ、いやいや。別にいいんだけど」

　温泉談義に引き摺りこむのは、まだ時期尚早だ。信じられないことだが、温泉に興味をまったく持たない高校生は意外に多いのだ。まったくもって信じられない。温泉を堪能しないまま思春期を終えるなんてもったいなさ過ぎる。

　ところで、長瀞温泉ですが、米代《よねしろ》川と長木《ながき》川の合流点近くにあります。単純温泉。単純温泉とは、摂氏《せっし》二十五度以上の温度を有し、含有成分が一リットル中千ミリグラムに達しない成分の薄い温泉のことだ。単純というわりには特殊成分を多分に含んでいることが多い。

温泉豆知識コーナー①でした。

長瀞温泉が、いや、長瀞くんがふっと息を吐いた。

「でも、さすが山田さんですね」

「えっ、おれのこと知ってんの」

「はい。選抜、ずっとテレビで見ていました。すごいピッチャーだなあって惹き付けられて、試合終了まで動けませんでした」

うわぁきたーっ。きた、きた、きちゃいました。

憧れの先輩街道まっしぐらだ。

ごめんね、ポポちゃん。許せ、一良。おれだけ一足先に憧れの先輩街道走っちゃってるよ。

「ちくしょう」

一良が奥歯を噛み締める。

「勇作に後れをとるとは」

ポポちゃんが鼻の穴を精一杯膨らませる。あからさまな威嚇の行動だ。ふふふ、二人とも焦るなって。焦ったって、どうしようもないでしょうが。これも、どうしても目立っちゃうピッチャーの役得ってやつかな。ふふ、悪く思うなよ。

「けど、やっぱり山本さんのリードがあってのピッチングですよね」

「えっ、おれっ」

一良がぴょんと五センチほども跳び上がった。

「おれ、山本さんっておれのこと？」

「は、はあ、そうですけど。あの……山本さんですよね。キャッチャーの」

「そうです。山本一良です。キャッチャーです。捕手とも言います。わたくし山本一良が、山田投手のリードをいたしました。山本一良です。よろしくお願いします」

「あ……はい。こっ、こちらこそ、よろしくお願いします。おれ、山本さんみたいに強気で的確なリードができるキャッチャーになりたいんです」

うわっ、何だよ。この、露骨な〝あなたこそが憧れの先輩です〟的な雰囲気は。

今、一良の頭の中では「山本さんみたいに（中略）なりたいんです」のフレーズがリフレインしているに違いない。

「いやあ、そんな。うへへへへ」

おれをちらっと見た眼つきが、

「悪いな、勇作。憧れの先輩街道お先に行かせてもらいます」

と、語っていた。

くそうっ、悔しい。九回裏ツーアウトからのサヨナラヒットを浴びた気分だ。

ポポちゃんはと見れば、完全落ち込み状態に突入している。がんばれポポちゃん。

こんなことでくじけるな。苦節十ン年、隠れヤクルトファンの意地を思い出せ。

「そうか、ながとろくんはキャッチャー志望なんだ」

杉山さんが愛想笑い全開で話しかける。

「長瀞です。ろは一つです。長瀞は秩父《ちちぶ》地方北東部の景勝地の一つですが、おれは埼玉とは何の関係もありません」

長瀞が丁寧に訂正する。わりにきっちり、几帳面な性格らしい。それにしても、秩父に長瀞なんて景勝地があるのまったく知らなかったなあ。秋田の長瀞温泉の方がずっといいんでねえか。そうそう、秩父といえば、秩父七湯が名高いが、何と山田温泉なるものがあるんだ。沖縄にも同名の温泉が恩納《おんな》海岸に湧いてるんだよ。

温泉豆知識コーナー②でした。

「長瀞智樹《ともき》くん。西聖山《にしひじりやま》中学の四番でキャッチャーだったよね」

鈴ちゃんが、こちらはごく自然な笑みを浮かべる。

「はい、そうですけど……どうして、おれのことを」

「知ってるよ。西聖山中が県大会のベスト4まで進んだ原動力だもんねえ。長瀞くん、二回戦でも準々決勝でもサヨナラヒットを打ってるよね。どちらもちょっと高めの、見逃せばボールの球だったけど、それを見事に弾き返したのはすごかったなあ。無駄な力の入らない綺麗《きれい》なフォームだったねえ」

「あ、どうも……」

「サヨナラヒットなんて自分の努力や才能だけで打てるもんじゃないだろ。そういう状況でバッターボックスに入る巡り合わせというか、運を引き寄せるバッターだなって思ったんだけど。むろん、確かな実力に裏打ちされての運だけどね」

「は、はあ。あの……」

「うちの監督だ」

「ええっ」

長瀞が頓狂《とんきょう》な声を上げる。目を見開いて鈴ちゃんを凝視する。

わりに素直で正直な性格らしい。

「あ……そう言えば、テレビで見たような……」

長瀞が遠慮がちに首を捻った。

「はい、さいとう高校野球部監督の鈴木久司《ひさし》です。よろしくね。美術部の顧問も掛け持ちしてます。選択科目はぜひ、美術を選んでほしいので、そっちも、よろしく」

「は、びっ、美術部……」

長瀞はほとんど絶句状態となる。

わかる、わかるよ、後輩くん。

こっ、この、まったくユニフォームが似合わなさそうな男が野球部監督？ そいでもって、美術部顧問？

ありえるのか、そんなこと。

どうなってんだ、さいとう高校野球部。

長瀞の脳裡に渦巻く疑念やら不安やら戸惑いが、わかる。

おれもそうだったから。

去年、夏のさきがけの如く暑い四月のある日、おれは鈴ちゃんに呼び止められた。

あのときの鈴ちゃんの第一印象が、

「うわっ、こんなに（野球の）ユニフォームが似合わない男がいるんだ！（きっと、スポーツ関係のどんなユニフォームも似合わないんだろうな、白衣とかなら、けっこういけそうだが）」

というものだったのだ。

うん、わかるよ、わかるとも。

「……白衣なんかの方が似合いそうですね」

長瀞が呟く。やはり正直で、思ったことが素直に口に出てしまう性格らしい。

「そうそう、よく、言われるんだ。このところ監督っぽくなったって噂もけっこうあってね。自分で言うのも何だけど、あちこちから絶賛の嵐なんだよねえ。いやいや、やはり甲子園を経験して逞《たくま》しくなっちゃったのかな。うへへへへへ」

「そんな噂、聞いたことあるか？」

一良が囁く。

「ない」

おれは、きっぱり答える。嵐どころか微風も吹いてないと思う。

一良はため息を一つ吐いて、横を向いた。

まあ、確かに鈴ちゃんはユニフォームが似合わない。白衣なら似合う。しかし、試合のベンチに白衣姿で座るのは、さしもの鈴ちゃんも抵抗があるだろう。化粧回し姿よりは幾分マシだろうが。しかし、おれは鈴ちゃんのユニフォーム似合わない論戦より、もっと気になることがあった。さっきから、心に引っ掛かっている。

「あの、長瀞」

と何気に呼び捨て。ちょっと先輩風を装ってみた。

「はい。何でしょうか」

はきはきと長瀞が返事をする。なかなかに闊達な性格らしい。

「さっき、青森がどうのとか言ってなかった?」

「はい。言いました」

「あれ、どういうことだ?」

「どういうことって、野球部の入部申し込み場所が青森になっていたので……」

「はあ?」と、おれ。

「あおもりぃ」と、一良。

「何のこっちゃ」と、伊藤さん。

「意味がわからん」と、杉山さん。

「冗談、だよね」と、鈴ちゃん。

ポポちゃんはまだ落ち込んだままで、無言。長テーブルの下、膝を抱えて三角座り《さんかくずわ》りをしている。意外と引き摺る性格なのだ。

「冗談じゃありません。この、チラシに書いてありました」

長瀞が単行本サイズの紙を差し出す。

おれたちは一斉に長瀞の手元を覗き込んだ。

「これは、うちの新入生向けのチラシ」と、杉山さん。

「文集係が作ってくれた傑作だよな」と、伊藤さん。

「はい、時間がなくてぎりぎりになっちゃいましたがかなりの傑作だと自負してます」と、おれ。

「だよな。森田さんのイラストがばっちり決まって、かっこいいし」と、一良。

そうなのだ。イラストレーター志望の森田さん（森田祐一《ゆういち》さん。サード。渾名はデコチンだったが、このところ、本人がとみに額の広さと若ハゲを気にし始めたので、今は〝モーリー〟と呼ばれている。渾名付けは、当事者が喜ぶ、まではいかなくても気を悪くしない、傷付かないのが基本だからね）のイラストは、本塁に突入するランナーとそれをブロックするキャッチャーの姿を描いて、迫力満点だった。レギュラーキャッチャーの一良としては、ご満悦しきりなのだ。

「うん、いい出来だね。でも、これが何か？」と、鈴ちゃん。

「あの、ここに青森って」

長瀞が指差した箇所に目をやり、おれは悲鳴を上げそうになった、ではなく、本当に上げてしまった。もろ、叫んだのだ。

「ひええっ」

何でだ、何で、入部希望者受付場所が酸ヶ湯（青森）となってる。どうしてだ。どうして、こんなミスを。

「ほんとだ」と、杉山さん。

「青森だなんて、無謀だ」と、伊藤さん。

「わっ、ごめん。ぼくのチェックが甘かった。何で気が付かなかったんだ。あわわわわ」と、鈴ちゃん。

「でも、しっくりきます。『受付場所　酸ヶ湯（青森）』のところ、ものすごくしっくり合ってて、これを発見するのは至難の業でしょう。まるで擬態だ。シャクトリムシが木の枝に似せるが如く、マルムネカレハカマキリが枯葉に化すが如く、だ」と、一良。

おれは一言も発せられなかった。

おれの責任だ。

今回のチラシは、おれと森田さん担当で作った。森田さんからイラストに全身全霊を賭けたいとの決意を聞いて、おれは「わかりました。文章とレイアウトは、全て任せてください」と大見得《おおみえ》を切った。おれなりに、限られた字数の中で、さいとう高校野球部の魅力を最大限伝えたかった。あれこれ、散々、悶々《もんもん》、考えて、試してみて、何とか形になったのが入学式の前日、夕方だった。森田さんのイラスト完成はさらにそれから一時間後のことだ。時間がなくて、大急ぎで印刷した。鈴ちゃんは、さっき「ぼくのチェックが甘かった」と言ったけれど、そもそも、おれたちは鈴ちゃんにチラシを見せなかったのだ。鈴ちゃんはその日、さいとう市の高校芸術科担当教諭の集《つど》いに出席して、帰校していなかった。いつ帰ってくるか見当がつかなかった。待っている余裕はなかった。

「大丈夫っすよ、森田さん。おれらカンペキですって」

なんて、調子のいいことを言って、おれはプリンターのスイッチを入れた。その結果が……。

『入部希望者受付場所　酸ヶ湯（青森）』だ。

『甲子園優勝のあかつきには、酸ヶ湯（青森）で一泊二日慰安旅行のビッグなおまけ付き』

の一文を悩んだ末に削除した。実は、このところ温泉好きしか野球部に入れないなんて、根も葉もない噂を耳にしていたのだ。さいとう高校野球部は温泉好きにも、さほど興味のない者にも、温泉を敵視している者にも（よもや存在するとは考えられないが）、広く門戸を開け放っている。同じ志がないと駄目とか、同じ方向に向いてなくちゃ駄目とか、そんなちっちゃいことは言わない。温泉が嫌いでも野球が好きなら、問題ないのだ。

そう思い至って、『甲子園優勝のあかつきには（以下略）』を取っちゃったわけだ。

この決断、間違っていないと今でも確信している。が、しかし、どこかに、おれのどこかに酸ヶ湯のことが引っ掛かってたんだ。もうもうと上がる湯煙、白く濁《にご》った湯（酸性硫黄泉）、硫黄の香り、千人風呂（混浴だが、ここに惹かれているわけではない。決して、ない）。まさにキング・オブ・名湯。まさに秘湯の中の秘湯。甲子園優勝に相応しい温泉ではないか。

ああ、ゆっくり浸かりたい。硫黄の香りを嗅ぎながら、熱い、熱い（泉温は何と48～65度）湯で肌をひりひりさせたい。

などとあらぬ方向に思考が彷徨い、その結果が……。

『入部希望者受付場所　酸ヶ湯（青森）』だ。

うわーん、これじゃ誰も来ないの当たり前だよう。

酸ヶ湯（青森）↓×

野球部部室前（グラウンド隅）↓○

だよう。でも、今からじゃ直しても遅いよう。

みんな、青森に行っちゃったよう。酸ケ湯のあたりまだ雪が残ってるはずだ。何てったって八甲田なんだから。雪中行軍遭難の地なんだから。わわっ、遭難したらどうしよう。「おのれ、野球部」なんて怨みを残して、入部希望者全員八甲田に倒れる。

ひええっ、想像するだに恐ろしい。

「山田、落ち着け。おまえだけの責任じゃない。今回のことはキャプテンとして、おれが全ての責任をとる」

「そうだ。おまえは一人じゃない。それを忘れるな」

「うう、杉山さん、伊藤さん、あ、ありがとうございます。あれ、でも、まさか二人とも『管理職必読！　この一言で周りが変わる』って本、読んでないですよね」

「ぎくっ」と、杉山さん。

「山田、なぜ、それを」と、伊藤さん。

うわーん、みんな酷いよう。この緊急事態に『管理職必読！　この一言で周りが変わる』の応用なんて酷いよう。

「勇作、だから落ち着けって。慌て過ぎだ。冷静になれ。いいか、安心しろ。おれはまったく、責任とらないし、おまえを誇りにも思ってない。でも、おまえは一人じゃないんだ」

くくっ、一良までも読者なのか。おそるべし、『管理職必読！（以下略）』の底力。

「あのう、お取り込み中、すみませんが、みんなを呼んで来てもいいですか」

長瀞が遠慮がちに口を挟んできた。控え目な性格なのだろうか？

「えっ、みんなって？」

「入部希望者です。みんな、体育館脇で待機してます」

「えっえっ、そうなんだ。青森まで行ってないんだ」

「それは、いくらなんでも無理でしょう」

長瀞が苦笑する。

「さいとう市から青森までは飛行機を乗り継いでも、三時間半、空港までの所要時間や待ち時間を考えると、六時間以上はかかります。時間的にも費用面でも、高校生には無理です」

なるほど言われてみればその通りだ。相当、理論的な性格と見た。

「それで、おれが代表して野球部の様子を見てくることになったんです。じゃあ、今からみんなに、こちらに来るように伝えます。みんな、待ちくたびれてるはずですから」

「おっ、おう。た、頼む」

「はい。では、失礼します」

一礼すると長瀞は駆け出した。俊敏な動きだ。一瞬、見惚《みと》れてしまった。

「ふふ、何とも頼もしい新人がやってきたねえ」

鈴ちゃんがいつにも増してにこやかになる。

「かなりのしっかり者ですね」

一良が相槌《あいづち》を打った。こちらは、真顔だ。

「しっかり者だよ。キャッチャーは、ね」

「え？　監督、それ、どういう意味です」

「ふふふ、今にわかるから。いやあ、さいとう高校野球部、今年も楽しみがどっさりだ。楽しみながら、甲子園、狙っちゃえるよ」

肩を窄《すぼ》め、鈴ちゃんがくすくすと笑う。陽気な女子高校生みたいだ。こういうときの鈴ちゃんも、なかなかに可愛い。

「監督、ところでさっきの紅白戦の件ですが」

杉山さんがちらっと鈴ちゃんを見やる。

「もちろんやろうよ。新入部員たちに先輩のプレイを見せてあげるのも、いいんじゃないかな」

「やったぁ」と、杉山さん。

「よっしゃあ」と、伊藤さん。

「さい高、サイコーだね」と、一良。

おれは、三人に加わることもできず、項垂れていた。

長瀞がしっかり者だったからよかったようなものの、そうでなければ、せっかくの入部希望者たちをいたずらに待たせ、焦らせるところだった。いや、十分に待たせも、焦らせもしたのだ。

『入部希望者受付場所　酸ヶ湯（青森）』

だなんて、おれはアホだ。みんなにも酸ヶ湯（青森）にも申し訳ない。ごめんなさい、みんな、酸ヶ湯（青森）。

ふっと、気配を感じた。

長テーブルの下からポポちゃんが手招きしている。

おれは、テーブルの下にもぐりこみ、ポポちゃんの横に並んだ。もちろん、膝を抱えた三角座りだ。

「ここ、落ち着くだろう」

ポポちゃんが暗い声で囁いた。

「うん。落ち込んでいるだけに落ち着くな」

「そうだな。今のおれはオチオチ冗談も言えないんだ。余計に落ち込むだけだから」

「変なオチをつけんなよ」

「こんなこと、もう、これでオチまいにしたいな」

「ポポちゃん、ダジャレがイマイチだ」

「イマイチな。勇作もいつもの冴《さ》えがないな」

おれとポポちゃん二人のため息が重なる。いや、二人じゃないぞ。三つあったぞ。

「誰だよ、今のため息は」

「おれ……」

ポポちゃんの横から、えっと、横から……。

「前田だけど」

「そうだ、前田さんだ。前田さん、どうしてテーブルの下で三角座りなんかしてるんですか」

「落ち込んでんだよ。どん底気分だ」

「何で前田さんが落ち込むんです？　チラシの作成には関わってなかったじゃないですか」

「チラシじゃなくて、間者として役に立たなかったことが悔やまれて……。おれには、この役目、向いてなかったんだな」

「まさか。前田さんの報告、完璧だったですよ。特に、調理部の動静を摑んだあたりは、さすがのさすがです」

「でも、入部希望者が体育館脇に集まっていたことを見逃してしまった。それに気が付いて、こっちに誘導すべきだったんだ。なのに、おれ、情報集めばかりにやっきになって……。木を見て森を見なかった、砂を数えて海岸を一望しなかった。おれは、間者失格だ」

「そんなわけありません。そんな風に自分を責めないでください。誰だって、入部希望者が行き先を見失って迷っているなんて思いませんよ。おれが悪いんです。おれが文集係、失格なんです。おれが軽率だったばかりに、みんなにいらぬ苦労をかけちゃったんです。おれは、おれは、文集係の資格なんてない」

言えば言うほど惨《みじ》めになる。おれって、意外に引き摺り体質だったのだろうか。

「山田、それは違うぞ。おれは、おまえと森田が懸命にチラシ作成に取り組んでいたのを知っている。私利私欲を捨ててチームのために尽くす。そんなオーラが確かに出ていた。おれは、おまえたちが誇らしかったぐらいだ」

「わーん、もしかしたら『管理職必読！（以下略）』の応用かもしれないけど、もういいや。わーん、前田さーん、嬉しいっすよー」

「うわっ、よく、おれの名前がすらっと出たな。わーん、山田」

「ちょっと、待てよ。二人とも。おれを仲間外れにするな。おれだって、落ち込みトリオの一人なんだぞ」

「ポポちゃん、くっつくな。暑い」

「ねえ、三人ともそこらへんにしといたら」

鈴ちゃんがテーブルの下を覗き込む。

「出て来て、ちゃんと仕事をしてくださいよ」

鈴ちゃんが眼差しと手で、おれたちを促す。

「夏を一緒に戦う仲間たちが来たよ。しっかり頼みますよ、先輩」

おれとポポちゃんは顔を見合わせ、テーブルから這い出た。

グラウンドを横切って、新入生の一団がこちらへ向かって来ていた。先頭に長瀞がいる。

「忙しくなるよ、受付係」

鈴ちゃんがにやっと笑った。

笑ったところで、今回はダ・スヴィダーニャ。

新入部員を迎え、さいとう高校野球部、始動開始！　え？

始動開始って日本語がおかしい？　始まりが二つある？　ぎっくり。

その五、怒濤の紅白戦の始まり、始まり。

新入部員を迎え、さいとう高校野球部は前にも増して、生き生きと動き始めた。

と断言していいのか、一抹の不安はある。

なにしろ、新入部員を迎えたばかりなんだから。つまり、ほんの一時間ほど前に、入部希望者全員の登録が済んだところなんだ。これから、その面々を前に、練習が始まる。

紅白戦、やるんだって。

鈴ちゃん曰く、ちょっとしたパフォーマンスだとか。

おれ、さっき一括《ひとくく》りにして新入部員って言っちゃったけど、すでに入部届を持参している本気派もいるし、まずはじっくり見学してから決めたいという慎重派もかなりいる。人それぞれ、人生いろいろ、柔軟取り混ぜてといったところで……、いや柔と軟じゃ同じだよな。硬軟だ、硬軟。硬軟取り混ぜて、だ。

しっかりしろ、勇作！

気持ちをシャンとさせろ。くじけるな。

硬軟、硬軟。こうなん温泉って、どこかになかったっけ？　ああ、このおれが温泉の名前で迷うなんて、やっぱりまだ動揺してるんだ。

こうなん、こうなん、こうなん。

あっ思い出した。あったあった滋賀県に甲南《こうなん》温泉ってあったんだ。昔、琵琶湖《びわこ》温泉巡りをしたとき訪れた記憶がうすーくあるあるある（いかん、舌が滑《すべ》り過ぎだ）。

滋賀県って、正直、温泉の数はさほどじゃない。なにしろ、日本一の湖、琵琶湖がどどんと鎮座してるからね。でも、長浜《ながはま》市の南、小谷山《おだにやま》の麓にある須賀谷《すがたに》温泉なんて、かの浅井長政《あざいながまさ》やお市《いち》の方《かた》も湯治《とうじ》に通ったと言い伝えの残る由緒ある温泉だ。武将おたくの早雲の親父さんに教えてあげたら、早速、一族郎党ひきつれて一泊で出かけたとか。お湯は確か、茶褐色《ちゃかっしょく》に濁った炭酸鉄泉だった。

甲南温泉の方は忍者で、甲南町内には甲賀《こうが》流忍術屋敷がある。湯質は塩化物泉だっ

たかな。こっちに甲賀忍者たちが湯治にきたかは、記録にない。でも、お湯に浸かりながら忍者さんたちが、

「いやあ、今度の任務、きつかったな」

「ほんとほんと。伊賀《いが》のやつら、やたら手裏剣《しゅりけん》投げやがってよ。この傷見てくれ。痛いったらありゃしない。労災に認定してもらえるかな」

「おれたちも、もう少し手裏剣の配給、増やしてほしいなあ。一人、十個までなんてケチくさいよな。うちの長老」

「ちゃんと回収しろなんて言うしな。相手に刺さってんのに、どうやって回収すんだ。おれなんかこの前、逃げる敵に『手裏剣だけは返してくれ』って頼んだんだぜ。かっこ悪いったらありゃしない」

「労災はどうなんだよ、労災。伊賀の福利厚生は充実してるって聞いたぞ。年金制度まであるんだって」

「うらやましい。やっぱり、服部《はっとり》の半蔵《はんぞう》さんの力かねえ。あっちに移ろうかな。伊賀温泉にも入ってみたいしな」

「今度、伊賀側に話を通してみっか。まんざら知り合いがいないわけじゃなし」

なんて会話を交わしてるわけはないが、温泉ってリラックス効果抜群だから、緊張

を強いられる職種の人はぜひ足を運んでもらいたい。因みに甲南は滋賀県だが、伊賀は三重県だよ。と、ここでショッキングなニュースが舞い込んできました。何と甲南温泉、すでに廃業しているとのこと。甲賀、敗れたりー。

でも、まあ思い出せてすっきりした。この勢いで、落ち込みから抜け出そう。過去は過去と割り切ろう。まあ、紆余曲折《うよきよくせつ》ありながらも、難局を乗り切ったわけだし。

いや、正直、ほっとしました。これ以上、大事にならなくてよかった。野球部に迷惑をかけないで（かけたけど）よかった。

何てったって、誰が慰めてくれたって、ぽっちゃり可愛い女の子がほっぺたにキスしてくれたって、ほっぺたにキズ（曰くつきの）のある強面《こわもて》おっさんに脅《おど》されたって消えるわけもないミスを犯した。

おれのせいで、入部希望者を危うく酸ケ湯まで飛ばすところだった（実際には、飛ばないだろうけどね）。まったくもって、失態だ。自分の迂闊《うかつ》さ、うっかり度合の高さに唖然《あぜん》とする。

あ、また、ちょっと落ち込んできた。やっぱり傷付いてんだ。感情の起伏が激しい。おれって、ダメンズじゃん。

この落胆、この自己嫌悪。ああ、やんぬるかな。おれ、山田勇作はよみがえれるのか。再び、融資をぜひに……じゃなくて、勇姿をマウンドで見せられるのか。

ああ、こんなとき、ここに温泉があれば。おれは、つい詮無《せんな》いことを考えてしまう。困ったときの温泉頼みだ。

酸ヶ湯の白濁した湯を見た気がした。

硫黄の匂いがつんと鼻をついて、湯気がもわもわと上がる。心身の芯（しんが多くて、ごめんなさい）がぎゅっと引き締まる。高温の湯にそろりと身を沈めれば、あら不思議、その緊張はするりと消えて、身も心もとろぉりと融《と》けていく（実際は融けない）。湯と一体になり、やがて無我の境地に到達していくのだ。ありがたや、ありがたや。ああ、ありがたや、ありがたや。

「温泉、ないから」

冷ややかな声がした。

サウナ風呂の横に設置された水風呂の水より、さらに、冷えた声だ。おれは、あやうく心臓麻痺《まひ》を起こしかけた。

「一良、冷た過ぎ。おれを殺す気か」

胸を押さえ、前に立つ一良を見上げる。「ふん」と、一良は鼻先で笑った。声音よりさらに冷ややかな態度だ。こぶし大の氷を五つ、六つ放り込んだ水風呂の水ぐらい冷え切っている。

「ふふん、ふん、ふん。冷たーくもう一度、忠告するけどな。いくら念じても祈っても、さいとう高校のグラウンドに温泉は出現しないからな」

「当たり前だ。グラウンドに温泉が湧き出したら大騒動じゃないか」

おれは努めて冷静を装い、言い返した。

「ふふん、ふんふん、ふんふん、ふん。よく言うぜ。今、ここに温泉があったらなあなんて考えてたくせに」

どっきり。

こいつ、何でおれの考えてることがわかるんだ。

いつものことなんだが、一良の眼力に畏《おそ》れ入る。ここで、「は？　温泉？　何のことだ」と惚《とぼ》け通す気力が、今のおれにはない。残念だ。ここに温泉さえあれば、硫黄泉なんて贅沢は言わない。単純温泉で十分。あ、別に単純温泉を下に見てるわけじゃないよ。これ、好みの問題だから。箱根湯本《はこねゆもと》だって道後だって、単純温泉だ。けど、どっちも名湯中の名湯だもんな。

ああ、いいなあ。

さいとう高校グラウンドの片隅から温泉が噴き出す。あくまで、片隅だ。真ん中だと、練習に差し障る。そんなにりっぱでなくていい。仮小屋もどきでいいから、浴室を作って、練習後はそこでさっぱり汗を流せる。何なら周りを囲っただけの天井無しにしちゃうのも、ありだな。露天風呂ってわけだ。温泉に浸かりながら見上げる空は、練習中に眺めるものとまた一味違っているだろう。

いいなあ、いいなあ、とってもいいなあ。

ぽこん。

頭を叩かれた。

「現実を直視しろ」

ぎんぎんに冷えた湯上がり牛乳より冷え切った声で一良が吐き捨てた。これは、いかにも腹に悪い。下痢になりそうだ。

「我がさいとう高校のグラウンドには温泉はなく、おまえがミスを犯した事実は事実として存在する」

「ひええっ」

「勇作、おまえに逃げ場はない」

「ひええっ、ひえ、ひえ。稗《ひえ》、粟、黍《きび》、茄子《なす》、唐辛子。柚子《ゆず》湯に菖蒲《しょうぶ》湯ミカン風呂」

「何をわけわかんないこと叫んでいる。勇作、現実から目を背けるな。おまえはピッチャーなんだぞ。強気を失ってどうする。前を向け。自分と戦え。己に勝て」

「い、一良」

胸の奥が熱くなる。何て、直球な励ましだろう。真っ直ぐにずんと響いてくる。おれは、泣きそうになった。泣きそうなのに力が全身にみなぎってくる。そうだ、そうだ、おれはピッチャーだ。いつまでも、へこんでいてどうする。そうだ、そうなんだ。

一良だから、こんな励まし方ができる。一良しか、できない。

一良、ありがとう。

おれは、おまえみたいな相棒に恵まれて、幸せだぞ。

こんな台詞、恥ずかし過ぎて言葉にはできない。その分を眼差しに込める。

一良が深く、頷いた。

言葉にしなくてもわかっているという仕草か。

「勇作、何も言わなくてもわかってる」

「一良……」

「おまえは、確かにミスった。小学生でもしないような、うちの親戚の梅《うめ》ばあちゃんでもしないような、因みに梅ばあちゃんは、今年九十二歳だが意外にしっかりしている。血圧も、血糖値も、骨密度も正常範囲内だってよ。すごくね？」

「……まあ、だな」

おれは渋々認めた。確かにすごい。特に骨密度が正常範囲内だとは驚く。どんな食生活を送ってきたのか。さすがに、いかな温泉も骨密度を上昇させる効能はないものなあ。

一良が満足気に胸を張る。

「だよな、すげえよな。梅ばあちゃんなら絶対にしない、そんなアホな、馬鹿馬鹿しい、笑っちゃうミスをやっちまった」

おれは眼裏《まなうら》に、まだ見ぬ梅ばあちゃんの姿を思い描こうとした。しかし、駄目だった。赤い梅干しが梅柄の着物を着て座っている。そんなシュールな絵が浮かんだだけだ。

「おれがおまえなら、やっぱり落ち込むさ。自分のアホさ加減にうんざりして、臍を舐めて死にたいぐらいのことは思うだろうよ」

いや、思いません。絶対に思いません。臍を舐めて死ぬなんて、嫌です。つーか、それで死ねるか？　おまえの臍からは何が滲み出てるんだ。

「わかる、わかる。なにしろ、野球部部室前と書くべきところを酸ヶ湯なんて……ねえ。いやあ、信じられない、梅ばあちゃんだって信じないだろうなあ」

「一良……」

おれは呻いた。

「おまえ、おれをいたぶって喜んでんな」

「うん。そうだよ」

これ以上ないほど素直に、一良は返事した。

「落ち込んでる勇作って、おもしろいんだもん。つい、苛めたくなるんだよなあ」

「おまえ、このところビミョーにS度が増してないか」

「うっふふふ。実はそうなのよ。しょぼくれてるやつを見るとね、さらに捻って、踏んづけて、きゅっきゅっと揉んでぱんぱんと叩いて乾かすの。真っ白なシーツが青空を背景にはためいて、あたし、カイカーン。うふふっふふ。あなたの死体を包んだシーツがね」

一良がにんまりと笑う。一見、可愛いようで、不気味さをそこに潜《ひそ》ませた笑顔。明るく言い放たれた驚愕の真実。これは『新婚の妻は殺人鬼？　忍び寄る魔の手から夫は逃げ切れるのか。これは、あなたの傍らの恐怖かもしれない』ドラマ風の味付けだ。とすれば、おれはあえなく殺される夫の役で……。わおっ、愛する妻に裏切られる瞬間の驚きと絶望を表現できるだろうか。難役だ。

「てことで、いつまでもうじうじしてないで、行くぞ」

一良がおれの背中をバシッと叩いた。

昼ドラ風ミステリー劇を続ける気は失せたらしい。移り気なやつだ。まっ、おれもあえなく殺される夫の役から解放されて、やれやれだけどね。

「これから、紅白戦ってときにしょげててどうするよ」

いかにも高校球児向けの励まし台詞だ。いかにもだけど、嬉しい。胸がざわめく。

そうだ、紅白戦だ。

試合だ、試合だ、試合だ、それそれ。

練習が嫌ってわけじゃないけれど、やはり野球の醍醐味《だいごみ》は試合でしょ。チーム内の紅白戦であっても、他校との練習試合であっても、甲子園での試合であっても等しく……いや、等しくはないけど、やっぱり緊張度に多少の違いは出るけど、楽しい。

マウンドに立って、ボールを握る。

相手チームの打者がバッターボックスに入る。

その後ろで一良がサインを出す。

インコース、真っ直ぐを。

打者が構え、おれと対峙《たいじ》する。

おれはボールを握り直し、一良のミットを見据える。

打てるものなら打ってみろ。

気迫が身体に満ちる。力が指先まで宿る。

うわっ、うわっ、やっぱり、やっぱり、いいぞ。めちゃくちゃ楽しいぞ。

「しょぼくれてる暇なんかないだろうが」

一良が囁いた。囁きだけれど弾んでいた。

「だよな」

おれは応じた。今日は我ながら素直だ。

「試合、久しぶりだよな」

「うん」

これも素直に同意する。無垢なる幼子の如く、人生を悟り静かに生を全《まっと》うしようとする老女の如くの素直さではないか。

一良がこぶしを握る。

「がんがん、行こうぜ。後輩たちが見てんだから」

「うん。がんがん行く」

「素直だな、勇作」

「今日は、何だか心が澄み切ってるんだ。邪念も邪心もどこかに、消えちまった。梅ばあちゃんと比べられても恥ずかしくない清らかさだぞ」

「梅ばあちゃん、別に清らかじゃねえよ。趣味は貯金及び株売買、特技は超高速お札数え、好きなものは金の字の付くもの全般と儲《もう》け話、理想の男性は一万円の中の福沢《ふくざわ》諭吉《ゆきち》。布団は＄模様、カーテンは打ち出の小槌《こづち》の模様って婆さんだからな」

「あ……そう」

これ以上、梅ばあちゃんに関わらない方がいいと、おれは判断して、グラウンドに向かった。

「遅いぞ、勇作、一良。急げ」

早雲がおれたちに向かって手招きする。その顔にも笑みがあった。試合ができると喜んでいるんだ。

いい意味で、とってもいい意味で、うちの部の面々は単純だ。野球に対して単純に素直に向き合っている。そこが、心地よい。

梅ばあちゃんも、こんな風にお金と向き合えば楽しいかも。

あ、駄目だ。消えよ、梅ばあちゃん。おれの中から素直に出て行ってくれ。

バックネットの前には一年生たちが整列していた。

中学時代のものなのか、練習用のユニフォームを身に付けている者（おそらく本気派）も、運動用ジャージの上下を着こんでいる者（おそらく慎重派）もいた。六・四で慎重派が多いかな。

鈴ちゃんが進み出る。

まずは監督の挨拶から始まるわけだ。我が部にしては、珍しくまっとうな進行だ。まあ、のっけから「はい、ここで、出会いの記念に一人一首詠《よ》みましょう」なんて展開になったら、新入部員（仮マーク含む）かなりひいちゃうだろうし、できるだけまっとうに進んでもらいたい。と、心密かに祈っていたときだった。

「みんな、ごめんなさい」

ユニフォーム姿の鈴ちゃんが頭を下げる。唐突《とうとつ》だ。あまりに唐突過ぎる。唐突に監督と思《おぼ》しき人物に謝られて、新入部員（仮マーク含む）たちは少なからず面食らったのだろう（明らかに面食らっていた）。

ざわめきが広がる。そのざわめきの中に、

「あれ、誰？」、「さあ？　先輩だろう」、「入学式のとき、前にいなかった？」、「へっ、じゃあ先生？　まさか」、「だよな」などなど、戸惑いの呟きが諸々交ざる。

ほとんどの新入部員（仮マーク含む）が、鈴ちゃんを監督と思ってなかったんだな、やはり。

うんうん、わかるわかる。おれだって、鈴ちゃんがさいとう高校野球部の監督だって知ったとき、びっくり！　を通り越して唖然としちゃったもんね。白濁した硫黄泉かと思ったら牛乳風呂だったというぐらいの唖然だ。

「あ、監督だ。さいとう高校野球部の監督の鈴ちゃ……鈴木先生だ」

杉山さんが慌てて鈴ちゃんを紹介する。ざわめきが一段と強くなった。そのざわめきの中に、

「監督！　マジか」、「冗談だろ」、「ドッキリとか」、「おれたちをドッキリさせてどうすんだよ」などなど、当惑の声が滲む。

「いや、マジに監督です。間違いなく監督だから、疑わないように」

鈴ちゃんが拝むように手を合わせた。

可愛いけれど威厳はまったく、ない。

「静かに！　監督から、みんなに話がある。静かに拝聴するように」

杉山さんが声を張り上げた。

ちっとも可愛くないけれど、威厳はある。たちまち、ざわめきは収まり、空気が幾

分か張り詰めた。

うーん、杉山さん、ますますキャプテンっぽくなったよなあ。前キャプテンの井上《いのうえ》さんとはまるでタイプが違う（井上さんは体格も声もでかかった。特に声の方は人並み外れてでかかった。体格や声量はキャプテンの資質とは関係ないけど、井上さんの場合、そこが『何か、こわっ』じゃなくて『おお、頼もしい』って方向に行くんだ。生まれながらのキャプテンって感じ。あ、懐《なつ》かしいなあ、井上さんの大声。聞きたくないが懐かしい）けど、同じぐらい堂々としたキャプテンぶりだ。鈴ちゃんがちっとも監督らしくないから、余計に杉山さんのキャプテンぶりが際立つ。杉山さんが口にしたわけじゃないけど、これって、何不自由なく育った世間知らずの令嬢が夫を支えるためにどんどん逞しく強く凜《りん》としてくるといったケースに似てるんじゃないか。

え？　似てない？　あ、そうですか。すいませんね。

「えーっと、まずはみんなに謝ります。今日の紅白戦ですが、グラウンドの使用許可が取れなくて、四回ぐらいまでしかできないもようです。ほんと、申し訳ない」

鈴ちゃんが身体を縮める。

「えーっ」と声が上がった。

おれたち二、三年生（先輩連だよね、むふふ）は、微かな失望の「えーっ」で、一年生たちからは、新たな驚きの「えーっ」だ。「えーっ」の中には、「野球部なのにグラウンドの使用許可がいるのかよ」、「てっきり、専用グラウンドがあるんだと思ってた」、「甲子園に出たのにな」、「一回戦、勝ったのにな」、「二回戦で負けたからかな」などなど、さまざまな疑問が浮かび上がる。

そうなんだよ、新入部員（仮マーク含む）諸君。これが、公立学校の厳しい実情なのだ。

グラウンドはあくまで、全校生徒のもの。特定の部だけ特別扱いすることはできない。いくら、甲子園に出場しようと、インターハイで活躍しようと、オリンピックでメダルをとろうと、全日本かるた選手権大会で一位になろうと、頑として動かない鉄則なのだ。そのかわり、そのかわり、使用許可さえ取れば、同好会であっても弱小クラブであっても堂々と使える。「おまえなんて弱っちいくせに、こんなとこうろうろすんな」なんて理不尽な文句は言われない。

「今回、急遽《きゆうきよ》紅白戦をってことになったから、慌てて使用許可を取りにいったんだけど、既に押さえられていて……」

鈴ちゃんがさらに身を縮める。

鈴ちゃん、いいんだよ。そんなに謝らなくてもいいんだよ。おれのやっちまったあのミス（思い出したくもない）に比べれば、どうってことないですって。四回まで試合ができるだけでもめっけもんですって。フレーフレー鈴ちゃん。がんばれがんばれ、鈴ちゃん。

心の中で、エールを送る。

「監督、気にしないでください。監督のせいじゃないです。たまたま、運が悪かっただけです」

杉山キャプテンが言葉にして鈴ちゃんを慰める。

「うん。そう言ってもらえると、気が楽になるね」

鈴ちゃんが弱々しく微笑んだ。

「けど、使用許可が下りないなんて珍しいですねえ」

副キャプテンの伊藤さんが小首を傾げた。

確かに、そうだ。

さいとう高校のグラウンドは広い。サッカー部と野球部と陸上部が、余裕で活動できる。なおかつ、テニス部のコートも二面とってるし、ラグビー同好会も使ってる。さらに、なおかつ、吹奏楽部のマーチング練習もできる。

広いでしょ。なにしろ、さいとう市は典型的な地方都市なんで、お金はないけど土地だけはたっぷりあるんだよな。海はないけど、きれいに連なった千メートル級（アラサウザンドだけど）の山々がある。やたらコンビニがあるわけじゃないけど、駅前に商店街がある。けっこうがんばってる商店街だ。「シャッター商店街なんて言わさないぞ」という気迫に満ちている。気迫だけじゃどうしようもないけど、気迫がなければ厳しい現実を敵に回して戦えないもんな。そこは試合と同じだ。相手がどんな強豪であろうと、萎縮していちゃ試合にはならないし、試合ってのはやってみなきゃわからない。

まっ、気迫云々はさておいて、商店街のおじちゃん、おばちゃんたちは総じて野球が好きで、本気でおれたちを応援してくれている。甲子園出場が決まったときなんて、商店街をあげての祝賀会を開いてくれた。あのとき振る舞われた猪野熊《いのくま》精肉店特製のさらに特製コロッケの美味しかったこと、美味しかったこと。揚げたての熱々で、大袈裟じゃなく草鞋《わらじ》ぐらい大きかった。外側かりかり中ほっこり、旨いぎっしり、満足度たっぷり。

コンビニでは絶対手に入らない一品だよなあ。

ああ、今、思い出しても生唾がわく。早雲なんて「あのコロッケのために、もう一度、甲子園行くぞ」なんて息まいている。

コロッケを甲子園出場のモチベーションにするなんてどうなんだ。不謹慎極まりない。との、批判も多々ありましょうが、高校球児のモチベーションを揺らすほどの味ということでご納得ください。

えっと、何の話だったっけ……。

あぁ、そうそう。グラウンド。さいとう高校グラウンド、設備はイマイチだが広さだけは十分、のはずだが。今まで、使用許可が下りなかったことも、他のクラブと取り合いになったことも、おれの知っている限り一度もなかった。

「どうもねえ、出遅れたって感じで……」

鈴ちゃんが伊藤さんと杉山さんをちらっちらっと見やる。肩を落としてしょんぼり感、満載だ。

もう一度言うが、可愛いけど威厳はない。

「ほら、どこのクラブも考えることは同じなんだよねえ。新入生向けに試合パフォーマンスやるんだって。吹奏楽部なんてマーチングの三種盛りまでやるらしいよ」

三種盛りって、刺し身か。やり過ぎだぞ吹奏楽部。

「おまけに、調理部が何とグラウンドに屋台を出して、究極の調理パフォーマンスをやるとかでねえ」

「なに、調理部だって」

一良とポポちゃんが同時に叫んだ。

「そうなんだよね。調理室だけにこもっている時代じゃない。これからは、討って出る部活を目指すとかで派手にやるらしい。男子部員を本気で獲得するつもりなんだねえ。で、どうしても、二時までしかグラウンドが使えないんだ」

「おの、おの、おのれぇ調理部め。またしても、我が野球部に楯《たて》を突く気か。どこまでも、のさばりおって」

早雲が時代劇（たぶん戦国時代だね）バージョンで、怒りを露《あらわ》にする。

「くそう。そこまで、わいらを虚仮《こけ》にしくさるんなら、こっちにも覚悟があるわい。見とれや、度肝を抜いたるで」

これは一良。一昔前のやくざ映画バージョンか。一良、調理部と反《そ》りが合わないのかな。他人に憤慨するってキャラじゃないんだけどなあ。

「その屋台で何を作るんですか」

ポポちゃんが尋ねる。

「さあ、そこまでは」

いつも、情報収集能力抜群の鈴ちゃんだけれど、今日は弱々しくかぶりを振るだけだ。精彩がない。

「監督、そこが問題じゃないですか」

ポポちゃんが詰めよる。

問題ないだろう。まったく、問題にならないだろう。ポポちゃん、〝もしかして、ただでナニカが食えるかも〟と、よからぬ思案をしているに違いない。

「四回までで十分です」

杉山さんがきっぱりと言った。

「紅白戦、やりましょう。監督」

「あ、うん」

「思い出してください。もともと、紅白戦をやろうと思い立ったのは原点回帰です」

「あ、うん」

「一周巡って、野球のおもしろさの原点、試合に戻ろうとの監督の発想だったじゃないですか」

「あ、あ、うん。そうだよね」

「調理部の奮闘が我々の目を覚まさせてくれたんです。そこのところは素直に感謝しましょう」

「あ、うんうん。そうそう。素直に感謝する気持ちは大切だね」

「そうですよ。調理部、ありがとう。おれたちもがんばるよ。です」

「あ、はい。調理部、ありがとう。ぼくたちもがんばります」

鈴ちゃんが両手を合わせる。

重ねて言うが、可愛いけれど威厳はない。

それにしても、鈴ちゃん、素直だなあ。梅ばあちゃんに紹介してあげたい。

いや、梅ばあちゃん関係ないから。消えてくれ、梅ばあちゃん。素直って単語とセットで浮かんでくるな。

「杉山さん、やけに調理部をかばうなあ」

一良が呟く。

「そりゃあ、おまえたちがイチャモンつけ過ぎなんだよ。毎日、屋台を出すわけじゃなし、今日のところは我慢するっきゃないだろう」

「まあな」

一良が唇を突き出し、不満顔を拵《こしら》える。可愛くもないし、むろん威厳もない。

「では、紅白戦に移る。紅白の選手分けは、今から発表する。一年生は二手に分かれて観戦してもらう」

杉山さんがきびきびと指示を出す。うーん、やっぱりキャプテンだなあ。可愛くないけど、そこはかとない威厳がある。

「あっ、待って、待って。ちょっと待って」

鈴ちゃんが慌てて手を振る。それから、ポポちゃんに何か耳打ちした。ポポちゃんの眉間に皺が寄る。渋面だ。鈴ちゃんはへこへこ頭を下げているが……謝ってる？ポポちゃん、さらに気難しい表情となる。鈴ちゃん、さらに平謝り。ときたま「じゃあ、このあたりで……」、「いやそれは」、「けど、これくらいは……」、「うーん、次にはきっと」などの会話が途切れ途切れに聞こえてくる。

いったい、何の話だ？ まさか、借金の申し込み、なわけないか。おふくろさんとバトル中で、小遣い差し止められているポポちゃんに人に貸す金なんて、ポケットの中の綿埃《わたぼこり》ほどもないだろう。

ひそひそ内緒話すること一分ちょっと、ふいにポポちゃんの表情が和らいだ。何度も首を縦に振る。笑みさえ零れる。

商談成立か。

「わかりました。このあたりで手を打ちまひょか」

「ほんまでっか。おおきにポポ屋はん。一生、恩に着まっせ」

「よろしゅうおますがな、監督はん。そのかわり、例の件、あんじょう頼んまっせ」

「へえへえ、ようわかってます。任せておくんなはれ」

浪速《なにわ》の商人風台詞で表すと、こんな感じになるかな。これを鹿児島弁に置きかえると、雰囲気ががらりと変わる。あえて割愛しますので、個々で試してみてください。

鈴ちゃんが額の汗を拭き拭き（これは、はたしてポポちゃんとの密談のせいか、降り注ぐ陽光故なのか）、おれたちの前に立った。

「えーっと、今、キャプテンが言ったように、これから紅白戦をします。四回までだけど……。でも、ともかく紅白戦です。それで一年生の中に、ぜひ、参加したい、選手として出場したいという人はいますか。ただし、先着二名限定だよ」

ざわわわっ。

野を分ける風のようなざわめきが起こる。ごめん、ちょっと気取り過ぎたかも。単に新入部員（仮マーク含む）が騒いだだけです。そりゃあ騒ぐよね。いきなり紅白戦に参加したい人、だもんな。面食らって当然。おれだって心の中で、ええっ一年生出しちゃうのって、叫んだもの。あくまで心の中でだけどね。それにしても、先着順なんだ。しかも人数限定だって。どっかの怪しげな福袋セールみたいだ。どこのとは、明言できないが。

真っ直ぐに一本、手が挙がった。

「出たいです」

決して大きくないけど、よく通る声だ。

長瀞だった。

ちゃんと練習用のユニフォームを着ている。新しくはない。むしろ、何度も水を潜ってきたとわかる代物《しろもの》だ。しかし、ピシッとアイロンがきいて、真っ白で、きちんとしてるなという感じだ。見ていて気持ちがいい。

「参加させてください。ぜひ」

「はい。長瀞くんね。じゃ、あと一人だよ。先着順だよ。早い者勝ちだよ。試合ができる絶好の機会だよ、四回までだけど」

鈴ちゃんがポンポンと手を鳴らした。とっても下手くそな香具師《やし》の口上みたいだ。

一年生たちは、この急展開&ずれまくっている監督像についていけてないようだ。首を傾げている者、顔を見合わせている者、腕組みする者、さまざまだ。それでも、長瀞から遅れること約十秒の後、数本の手がおずおずと挙げられた。

「やります」

「出たいです」

「お願いします」

まだどこかに、か細さの残る声が重なる。

「待ってください。先着順だったらこいつが二番目です」

長瀞が列の中から、よっこらしょと蕪《かぶ》を抜いて……じゃなく、蕪を畑から抜くような手つきで誰かを引っ張り出した。

うん？

おれは、思わず目を細めて引っ張り出された男を凝視した。

なんじゃ、こいつ。

出てきた男は、何とも奇妙な格好をしていた。

奇妙というか、ちぐはぐというか、「今日のコンセプトってなに？」と思わず問い質《ただ》したくなるというか、つまり統一性ってものがまるでないのだ。

だって、オレンジ色のジャージだよ。オ・レ・ン・ジ。ちょっと年配者なら橙《だいだい》色って呼んでた赤味を帯びた黄色一色のジャージの下は何と、小豆色に白い二本線の入ったトレパンだ。形状からして、どうも中学のものらしい。春休みの間にぐんと背が伸びたのか、トレパンが縮んだのか、にょっきり足首が覗いている。靴下は白なんだけれど、右と左で明らかにサイズが異なっていた。右はぴちぴちで足首に食い込んでいるが、左は大きめでスニーカーの上に、でろんとはみ出している。サイズだけじゃなくて布質も違うみたいだから、もともと対ではなかったのだろう。共通しているのは色だけだ。

髪はぼさぼさで、頭頂部の絡まり具合が特にすごい。うっかり雀《すずめ》がここに留まったら、足が髪にひっかかって、哀れ二度と飛び立てなくなるかも。まさか、雀捕獲のためにわざと縺れさせているなんてこと……あるわけないか。そこまでして雀を捕まえる必要、ないもんね。フツー。

わざとなのか自然体なのかは推せないが、この男が少なくとも一週間は髪を梳《す》いていない。そして、朝、顔を洗ってこなかったとは、楽々、推理できる。なんせもじゃもじゃ頭で、口の端っこには卵の黄身をくっつけて、腫れぼったい目をしてるんだから、一良のとこの猫でも見抜いちゃうよね。

ただ、顔立ちそのものはかなり、相当、すばらしく整っている。鼻筋がしゅわっと通ってるし、腫れぼったくはあっても目そのものの形はきれいなアーモンド形だ。顎細いし、歯並びよさそうだし、顔を洗って髪梳《と》かしたら、かなり、相当、すばらしくいけるんじゃないのかな。長瀞もアイドル顔だが、この謎のぼさぼさ男はさらに上をいく。隣に早雲とか立たせたら、すごいね。美少年と野獣、バラと芋蔓《いもづる》、高級ワインと密造酒って趣じゃないか。

もっとも、これは温泉で磨かれたおれの眼力あっての卓見《たっけん》であって、たいていのやつは、ただのぼさぼさの汚い男とみなすだろう。

え？　温泉でどうやって眼力を磨くんだって？　そりゃあ、様々な温泉にじっくりと無心で浸かっているうちに、自ずと磨かれてくるんだ。あれ、信じない？　昔から言い伝えられてる温泉効能の一つだぜ。そうだ、かの猿滑りの長者の話をしよう。

昔、昔、その昔。

さる国のさる郡に、猿滑りの長者という者がおった。親の代からの分限者《ぶげんしゃ》で、その財力や国主を凌ぐとさえ言われておったのよ。

ある日、この長者の夢の中に観音菩薩《かんのんぼさつ》が現れ、西の山の麓を掘れとのお告げをくだされた。

一心に経を唱え、ただ一人地を掘れば、必ずや願いは成就しよう。

長者はそのころ不治の眼病を患っておったので、勇む思いで山の麓を掘ったとか。

二日、三日、十日、二十日、さらに三十日、四十日。

百日目にあら不思議、温泉が湧き出して……。

え？　もういい？　ここからが温泉と眼力にまつわる山場なんだけど、まぁ、そうだよね。これから紅白戦が始まろうかってときに、猿滑りの長者はちょっとね。また、機会があったら、聞かせるね。わりにじーんとくる感動秘話なんだから。

「こいつピッチャーなんです。こう見えてもピッチャーなんです。すごい球を投げるピッチャーなんです。些か適当っぽいですがピッチャーなんです。正真正銘のピッチャーなんです。ちゃんとしたピッチャーなんです」

長瀞がまくし立てる。

選挙カーのウグイス嬢ばりの連呼だ。ウグイス嬢は職業でどれほど連呼しても、どこかにしらっとした気配が漂うが、長瀞からは、混じりっけなしの必死さが伝わってくる。

「わかってるよ。妙鉱《みようこう》くんだよね」

鈴ちゃんがにっこり笑う。

どう見ても可愛い。威厳はないけど。

「ミョウコウ？　それ苗字ですか」

「そうだよ。あの人、何となく妙な人だなの妙に、ここで鉱山を掘りあてて一儲けしようぜの鉱で妙鉱くんだよ、山田くん」

監督、失礼ですが、譬えが微妙です。凝り過ぎてて、完全に外してますから。

しかし、妙鉱とは……どこかで聞いた覚えが。

「おや、聞いた覚えがあるのかな」

鈴ちゃんが、笑顔のまま眼鏡を押し上げた。

「ええ……妙鉱……妙鉱……。ああっ！」

「気が付いたかい」

「気が付きました」

「さすが、さいとう高校野球部のエースだ」

「いやあ、野球は関係ないと思いますけど」

「……え？」

「妙鉱温泉ですよね。長野県の」

「……は？」

「梓川《あずさがわ》の近くで、確か新島々《しんしましま》駅のすぐ近くにあったはずです。単純硫化水素泉で神経痛や胃腸病に効能ありの温泉です。まあ、温泉王国長野の中では地味ではありますが、湯質は軟らかいし、上高地《かみこうち》や乗鞍岳《のりくらだけ》への基地的な利もあって」

鈴ちゃんがおれの目の前で、手を左右に動かした。僅かに風が起こって鼻先が涼しくなる。

「山田くん、温泉は関係なし。野球、野球。今は野球オンリーで話を進めてね。ややこしくなるから」

「あ、そうなんですか。妙鉱温泉お呼びでない？」

「お呼びでない。まったくお呼びでない。イタリアンレストランに食事にいったのに、お好み焼屋のおばちゃんが出てきたぐらい、お呼びでないかな。あのね、長瀞くんと妙鉱くんは西聖山中学のバッテリーなんだよ。妙鉱くんはエースで、県大会での防御率が、何と1点台のピッチャーなんだよ。びっくりでしょう」

びっくりです。

おれは、おれだけじゃなくて一良も早雲もポポちゃんも杉山さんも伊藤さんも、そこにいた野球部の面々が一斉にオレンジ色と小豆色のジャージ男に目を向けた。

県大会ベスト4？　エース？　防御率1点台？　このだらしないこと甚《はなは》だしい男がですか。

「……着る物のセンスないね」

おれの口からポロッと本音が零れた。ちょっと慌てる。こんな無礼&不躾《ぶしつけ》な台詞、いくら後輩でも初対面の相手にぶつけるもんじゃない。言い訳がましいけど、いつものおれなら、声帯のあたりでぐっと飲み込んでセンスのセの字も出さなかったはずだ。びっくりしたもんで制御機能が一時的にマヒしちゃったみたいだ。

「あ、あ、悪《わり》ぃ。ごめんな」

ソッコーで謝る。

非があるなら素直に認めて、謝る。変な意地を張らない。

このところのおれの個人的目標なんだ。ここでもキーワードは素直だな。梅ばあちゃん抜きの素直だ。

「いつも言われます」

だらしな系男、妙鉱が答えた。意外に澄んだ声音だ。

「面倒臭いんで、手に触れた物をテキトーに着込んじゃったり、詰め込んじゃったりしちゃうんです」

「あ。面倒臭がりなんだ」

「はあ。おれは別にフツーだと思ってるんですけど、周りからは、国宝級の面倒臭がりで、世界遺産に匹敵するだらしなさだって、しょっちゅう言われてます。はは」

妙鉱が笑ったはずみに、口の端っこにくっついていた黄身が落ちて、どこかに消えた。うーん、国宝と世界遺産がタッグを組んでるのか。そりゃあ、筋金入りの面倒臭がり&だらしなさなんだな。すごいなぁ。

何やら感心してしまう。

「服のセンスは悪いかもしれませんが、投球センスは抜群なんです。ほんと、ちゃんとしてますから」

長瀞が引き締まった表情をおれたちに向ける。

「監督はさっき、妙鉱の防御率が1点台だとおっしゃいましたが、正確には1・20です。1点台の前半です。県大会の投球内容についてのお問い合わせは、おれ……ぼくが承ります。県大会以前のデータについても、全てちゃんとお答えできます」

う、こいつ、真面目だ。チョウがつくほど真面目だ。しかも、きっちりしている。真面目ときっちりが同居してるぞ。

「うんうん、わかってるよ。データはちゃんとあるから、心配ないよ。えっと、じゃあ、長瀞智樹くんと妙鉱五志《いつし》くん。二人に参加してもらおうか。投げられる状態だよね、妙鉱くん」

「はあ……たぶんだいじょうぶだと思いますが……」

妙鉱が音を立てて頭を搔いた。おれは、今までの人生の中で初めて、他人に対して(自分に対しても)、こいつは温泉よりシャワー室に行くべきだとの感想をもった。

「もちろん、だいじょうぶです」

長瀞が胸を張る。

「三分二十秒待ってください。こいつを着替えさせてきます」

「着替えって？」

鈴ちゃんが目を瞬かせる。

「練習用のユニフォーム、持ってきてるんです。三分二十秒です。それだけあれば、ぱぱっと着替えさせちゃいますから」

「え〜、着替えんの。面倒臭《くせ》えよ〜。このままで、いいじゃん」

「馬鹿。試合に出られるんだぞ。ちゃんとした格好じゃないと駄目だ。律子《りつこ》さんからちゃんと洗濯したユニフォームあずかってきてるんだから。ほら、こっち来いよ。あと三分十秒しかない」

長瀞が妙鉱をバックネットの後ろに引っ張っていく。そこが一年生の荷物置場になっている。

屈みこんで、バッグの中からビニール袋に包まれたユニフォームを取り出す長瀞。しぶしぶといった風で受け取る妙鉱。

この二人、何かおもしれえな。

長瀞って、「ちゃんと」が口癖なんだろうな。連発してたもんな。それにしても、律子さんって誰なんだろう。

「えっと、じゃあ他の人はごめんね。次の紅白戦では出場枠を増やすから、がんばってください。あと、今日は試合後に恒例の創作ランニングコンクールを、新入部員歓迎の気持ちも込めて盛大に行います。そちらにも、ふるって参加してください」

ここで新入部員(仮マーク含む)たちが、また、ざわめく。

「創作ランニングコンクール?」

「何のこった?」

「こうれいって、年取ってるってことだよな。年寄り創作ランニングコンクールって、野球部と関係あんの。ボランティア?」

「高齢じゃなくて恒例だろ。いつもやってるって意味の」

ざわめきを聞きながら、おれの胸に一抹の不安が過る。創作ランニングコンクールはおれたちにはすっかり馴染みになってしまったが、一般的にはちょいと奇異な練習方法かもしれない。面食らうやつは、かなりの数出てくるだろう。それに、走りながら一首、一句、捻り出すというのは、慣れれば楽だけど慣れるまでは、わりにハードルが高い。まさかと思うが、ここで「おれには創作の才能はない。野球を続けていくのは無理だ」なんて見切りをつけちゃうやつ、いるかもしれない。だいじょうぶなんだよ。慣れたらどうってことないんだよ。むしろ、あれこれ言葉を引っ張り出すのが楽しくなるんだよ。ランナーズハイ＋創作ハイになれるんだよ。

先輩として、きちんと伝えなければと、おれはベルトをぎゅっと締め直した。

締め直したところで、突然のニュースです。何と妙鉱温泉、今は老人ホームになっているとか。いやあ、湯ノ倉温泉といい甲南温泉といい世の変転についていけないの感もあるなあ。

「お待たせしました」

きっかり三分十秒後、バックネットの裏から長瀞、妙鉱の温泉バッテリー（おれが勝手にネーミングした）が出てきた。

「おおっ」

と、おれは叫んでいた。一良は「へえ」、早雲は「うほっ」、ポポちゃんは「……」で、杉山さんと伊藤さんはぴったり息を合わせて「わおっ」と声を上げた。

ユニフォーム姿の妙鉱が、なかなかにかっこよかったのだ。ぼさぼさ髪は帽子に隠され、白いユニフォームはすっきりとして、いかにもバネのありそうな身体の様を際立たせ、オレンジ色と小豆色の上下とは雲泥の差だった。

ユニフォームマジック、ここに極まれりって感じだ。

「ああ、ユニフォームがよく似合ってるね」

鈴ちゃんが視線にも口調にも羨望を滲ませる。それを恥じるかのように頬をちょこっと染めて、何やら早口で杉山さんの耳に囁いた。

「えっ!」

杉山さんの眉がぴくっと動いた。たぶん眉だと思う。何しろ、コンガリくんの異名を持つキャプテンだ。コンガリトースト色に焼け込んでいるので、眉と肌との境目が見分けられない(現役高校生らしく、眉の形をばっちり整えているから余計に見難いんだ。まっ、おれも、眉の手入れは、けっこうがんばってるからね)。

「監督、でも……」

「むにゃむにゃ」

「しかし、やっぱりそれは……」

「むにゃむにゃ」

「はあ、はあ、そうですか」

「むにゃむにゃ、ぱあ」

「わかりました。ええ……はい」

杉山さんが頷く。珍しく難しい顔つきになっている。いったい、鈴ちゃんは何を耳打ちしたのだろう。そして、「むにゃむにゃ、ぱあ」の「ぱあ」は何を指し示すのか。

今日は謎めいているぞ、鈴ちゃん。

「では、これより紅白戦を行う。一年生からは長瀞と妙鉱が出場する。チームの分け方は今まで通りだが」

こほん。ここで、杉山さんが空咳《からぜき》を二つほど漏らす。紅白戦のチーム分けは、時と場合で大幅に入れ替えることもあるけれど、大雑把には紅組二年、白組三年の括りになっている。ポポちゃんは二年生だが、白組の先発でマウンドに上がるらしい。てことは、キャッチャーは前田さんだな。うわっ、おれ、今、すんなり前田さんって出ちゃったよ。〝キング・オブ・影の薄い男〟の前田さんの名前をすらっと思い出せた。すごいな。これも、長テーブルの下でお互いを慰め合った効用だろうか。

長テーブル効用はさておいて、前田さんもポポちゃんもはりきっているだろう。かくいう、おれだって紅組のマウンドに立つわけで、わくわくする。初めて訪れた温泉地で、記念の初入浴をする直前のわくわくと匹敵するわくわくだ。鼓動が激し過ぎて苦しいほどだ。一瞬、動脈硬化や高血圧を心配してしまった。

ここで、突然ですが温泉豆知識コーナー③です。

高血圧、動脈硬化、脳卒中や心筋梗塞《こうそく》などの予防に温泉療法は効果ありと言われている。ぬるめの湯に胸から下ぐらいまで浸かって、ゆっくり入るのが効果的らしい。皮膚から吸収された有効成分が血圧降下の働きをするとか。血行もよくなるので動脈硬化も改善される。以上、覚えておいて損はない温泉豆知識、略して、温豆識でした。まあ、おれなんかまだ十代なもんで、高血圧とか動脈硬化とか、全然リアルじゃないけど、でも、温泉で心身の健康が保たれる、あるいは快復するってのは、大いに頷ける。温泉に浸かっていると、多少の悩みや心配事なんて、どーでもよくなるもんな。おれの大らかで、ちょっとやそっとのことには動じない胆力は、温泉によって培《つちか》われたといっても過言ではない。

「多少の選手の変更をする。まず、白組ピッチャーは山田で」

へっ、おれ？　おれ白組なのか。そうか、温泉バッテリーが紅組に回るんだ。

はい。がんばります。

ふふふんふん、ちょっと、びっくりしたけどまあ順当な成り行きだ。

「キャッチャーは長瀞」

へえ、長瀞がキャッチャーか。これは、思い切った起用だな。長瀞がいきなり白組のキャッチャーで……。

「ぎょえええっ」

「えええええっ」

前がおれの、後ろが一良の叫び声だ。前言撤回。おれ、温泉歴は長いけど、大らかさも胆力も並以下みたいだ。いや、並以上であっても驚くでしょ、動揺するでしょ、この展開なら。

長瀞は、ぽかんと口を開けて杉山さんを見詰めている。何を言われたか理解できていない風だ。早雲も同じ顔つきをしていた。こっちは、単なる間抜け面に見える。

「そんな、そんな、そんな。じゃあ、おれはお払い箱ですか。リストラですか。捨てられるんですか」

一良がその場にへたりこむ。

「ひどい。新しいキャッチャーが入部してきたとたん捨てるなんて、あんまりだ。血も涙もない仕打ちだ。猫でももっと情が深いのに。あんまりだ。ああ、さいとう高校野球部に捧げた青春を返して」

一良の悲痛な訴えに、おれは目頭が熱くなった。

杉山さんがため息を吐く。

「山本は紅組のキャッチャーに回る。妙鉱とバッテリーを組むんだ」

「えっえええええ」

「わわわわわわ」

前の叫びが一良、後ろが長瀞。意外にぴったり合っている。声質が似ているのかな。

「杉山社長、どうしてですか。どうして、こんな唐突な人事異動を強行するんです。我が社にどんなメリットをもたらすんです」

一良の声が上ずる。

一良、我に返れ。落ち着け。サラリーマンバージョンになっていると気が付け。おまえの童顔で〝異動に憤るサラリーマン〟を演じるのは無理があるぞ。老け顔の早雲なら、どんぴしゃなのにな。

「相手が替わるのも、たまにはいいよ」

鈴ちゃんがひらひらと手を振った。

「山本くんと山田くんは、ずうっとバッテリーを組んできて、相手のことなら一から百まで知ってるって感覚でしょ」

どうかな？

一良って意外にわかり難いところが、ある。少なくとも、おれのように単純じゃやな

い。童顔だから、つい侮《あなど》っちゃうんだけどなかなか奥が深い男だと、おれは看破《かんぱ》して
いるのだ。一良だって、おれのことを単純なだけとは思っていないだろう。お互い、
まだ、探っている部分がある。

一良がゆるゆると立ち上がり、首を縦に振った。

「確かに勇作は単純で、一から百までだいたいは摑んでいます」

おい、おいおいおい。

どーいう言い草じゃ、それは。

「裏表がなくてわかり易いってのが、勇作の美点で欠点ですから」

「光と影は表裏一体。雨の後には晴れが来るって言うものねえ」

「まさに、その通りです」

「しかし、それは思い上がりかもしれないよ。山田くんのピッチャーとしての魅力、
実力、隠し味。山本くんが知らないだけかもよ」

「隠し味ですか……。うーむ、そこまで監督に言われると……だんだん、そんな気が
しないでもないようなあるようでなくてあるような気になってきたぞ」

どっちだよ。あるのか、ないのか。

「恋人だってそうでしょ。ずうっと長く付き合ってると、相手をこういう人間、こう

いう性格って決めつけがちになっちゃうよね。で、わかったような気になる」

「世に言うところのマンネリですね」

「そうマンネリ。そういうときが危ないよね。相手と全然違うタイプの男が、あるいは女が現れるとつい、そっちが新鮮に見えたりするんだよ」

「わかります。三毛猫ばかり飼っていると、つい黒猫や縞《しま》猫が可愛く見えるって原理と同じです」

「違えだろうが。どういう原理なんだよ、おまえの頭は。

「まあ、それに近いかもね。秀逸な譬えだよ。山本くん、相変わらずセンスあるね。この後の創作ランニングコンクールが楽しみだ」

「いやいや、センス（扇子にひっかけてるつもりらしい）なんて。団扇《うちわ》の半分もありませんよ、けへへ」

ないな。確かに、つまらんギャグを飛ばしている男に創作の才能はないな。欠片もない。

「で、つい浮気なんかしちゃうんだよ。ふらふらっと。これは確かに許されざる行為だよ。恋人がいるのにふらふらなんて」

「ですよね。ですよね」

「しかし、稀にこれがプラスに転じるケースがあるんだ」

「ほおほお、プラスと言いますと」

「つまり、新しい相手を知ることで、前の相手の美点も欠点もクリアーに認められる、見えてこなかったものをきちんと捉《とら》えることができるようになるんだ」

「なるほど、深い話ですね、監督」

「つまりね、山本くん。キャッチャーってのは、どんなときでもピッチャーを冷静に観察できる力が必要なんだ。むろん、信頼、お互いを信じあうことが最も大切なんだけど、それだけでは、一流のキャッチャーにはなれない。たくさんのピッチャーの球を受け、リードし、それぞれのピッチャーの資質を見抜く。これなんだね」

「はい。わかります」

「ピッチャーもそう。こいつでなければ駄目なんだなんて、甘っちょろいことを言っていては自分で限界を作るようなものさ。それでは、大きくはなれない。鍛えるんだよ。それぞれが個として力を保ちながら、バッテリーを組む。それが最強バッテリーへの一歩になるとぼくは考えてるんだ。それで、今回シャッフル。そしてシェイク、シェイク」

鈴ちゃんは両手を合わせて、顔のあたりで振った。どうやら、カクテルを作っているバーテンダーの真似らしい。

「なるほど、わかりました、監督。すばらしい考えです。おれ、自分の読みの浅さが恥ずかしいです。なあ、勇作」

いやあ、確かにわかるけど。ピッチャーとかキャッチャーとかのあり方については納得もするけど。でも、監督、前半の恋人のマンネリ部分、いらないでしょ。最初から「つまりね、山本くん。キャッチャーってのは」から入ればよかったんじゃないでしょうか。

「よし、そういうことなら、がんがんやってやろうじゃないか。おーい、妙鉱、がんばろうぜ」

一良はにこにこしながら、妙鉱に声をかけた。一良、単純だ。厚みも深みもない。

「あ、でも、大丈夫か、五志」

長瀞が妙鉱を見やる。心配げな眼差しだ。

「うーん、おれ、智樹以外のキャッチャーに投げたことないし。そういうの何か面倒臭くって」

「面倒臭がってちゃ駄目だぞ。ちゃんとしなきゃ。いいな、おれがいなくても、ちゃんと投げるんだぞ。山本さんが捕ってくれるなんて、すごいことなんだから。わかったな」

「うん。わかった」

「ちゃんとするんだぞ」

「ちゃんとする。面倒臭いけど」

何か過保護の親と甘えっ子の息子みたいな会話だな。

大丈夫か、こいつら。

そして、大丈夫か、おれ。

「よし、紅白戦を開始する。各チームで整列」

杉山さんの号令がかかったところで、今回は、ダ・スヴィダーニャ。

ああ、でも、ほんとに、おれ大丈夫かな。

ついに紅白戦、始まる！　え？　前回でも「始まり、始まり」って言ってた？
ごめん。今度こそ始まり、始まりだから。

その六、ということで、おれの期待と不安を
のせて紅白戦、始まり、始まり。

いやあ、紅白戦といえども試合は試合。おれ、いやおれだけじゃなくてたいていの選手はそうだと思うけど、どんな形態でも試合の始まる前って、わくわくする。興奮と緊張がない交ぜになって、心臓の鼓動がいつもより、速くなる。

いつもがとくっ、とくっ、とくって感じなら、試合前の今は、とくとくとくと結構、早打ちになってるんだ。温泉で言えば、ゆっくりじっくり浸かって汗がじんわり滲み始めた頃かな。そろそろ、上がろうかなんて頃合いだ。温度や泉質によって違いはあるが、ざぶりと湯に入り、十五分から二十分あたりになる。汗じんわり、心臓とくとくとく、身体は芯からぽかぽか。この状態で湯船を出て

(多少、後ろ髪を引かれる思いがありながら)、脱衣所で冷えたビン牛乳の一気飲みだ。

ぐびぐびび。

それ、豪快に呷《あお》れ、呷れ。

ぐびぐびぐび。

程よく冷えた牛乳が程よく温まった身体に染みる。喉を滑り落ち、胃に注ぐ。ああ、甘露《かんろ》、甘露。まさに、この世の極楽じゃ。天国じゃ。ユートピアじゃ。くわっはははは。

「あのう、先輩」

温泉はむろん白濁《はくだく》した硫黄泉だ。湯も牛乳も白いなんて最高だ。くわっはははは。

「あの、あのう、先輩」

うん？　誰かが後ろで何か言ってるよ。先輩を呼んでるよ。

「あー、ダメダメ。そんな柔《やわ》なこっちゃ、こいつ、温泉妄想から帰ってこないから」

これは一良の声だ。と、認識したとたん、眼前でバチンと音がした。一良が両手を打ち合わせたのだ。おれは、一歩後ずさる。

「うわわっ、びっくりした。何だよ、いきなり」

「勇作、おまえに告げる」

一良は左手を腰に当て、右手を真っ直ぐにおれに突き出してきた。

「ここは、さいとう市立さいとう高校のグラウンドだ。断じて、草津でも熱海でも別府でも定山渓《じょうざんけい》でもないのだ」

「そ、そんなことわかってらい」

「赤倉《あかくら》でも養老《ようろう》でも布引《ぬのひき》でも湯《ゆ》ノ沢《さわ》でもない」

「当たり前だろうが」

「よし。じゃあ、ご唱和お願いいたします」

一良は両手を合わせ、ゆっくりとお辞儀をした。ご住職に習ったのか、妙にうやうやしい動作だ。釣られて、おれも合掌、礼拝をしてしまった。前にも言ったけど、おれってホント釣られ易い（鈴ちゃんとどっこいどっこい）。前世は小鯵《こあじ》だったんじゃないだろうか。

「ここは、さいとう市立さいとう高校グラウンドだ。はい、どうぞ」

「ここはさいとう市立さいとう高校グラウンドだ」

「赤倉、養老、草津、別府、以下略の温泉地ではありませぬ」

「赤倉、養老、草津、別府、以下略の温泉地ではありませぬ」

「心に留めて、よいプレイをいたしましょう」

「心に留めて、よいプレイをいたしましょう」

「ご唱和、まことにありがとうございました」

「お唱《とな》え、まことにありがとうございました」

再び合掌、礼拝。

ああ、清々《すがすが》しい心持ちだ。煩悩《ぼんのう》は払われ、無私《むし》の心が戻ってきた。まるで悟りを開いたような気分に……なるかい！

「おい、一良、無礼だぞ。何がご唱和お願いいたします、だ。おれは試合前の精神統一をしてたのに、余計な邪魔しやがって」

「ざぶり、じんわり、とくとくとく、ぐびぐびぐび、あっそれ、ぐびぐびぐび」

「ぎくっ。な、なんの呪《まじな》いだ」

「とぼけるな。その顔つきからしてどんぴしゃだな。つまり、おまえは紅白戦とはいえ試合を前にして、あらぬ妄想に耽っていたな」

「そ、それは、そんなことは……おれは、あくまで野球を……」

「悪あがきをするな。おまえがやったってのは、わかってんだ。素直に白状しちまいな。そうしたら、カツ丼食わせてやるからよ」

「……はい。ダンナ、申し訳ありません。確かに……妄想モードに入っておりました……。なんて、言わないぞ。おまえのペースにはまるもんか」

「往生際《おうじょうぎわ》の悪いやつだ。けど、ほぐれたな」

「うん、ほぐれた」

肩を回してみる。軽い。

試合前の投げ込みはしっかりやったから、肩は既にできている。このやりとりで気持ちも程よく、ほぐれてくれた。よしっ、大丈夫だぞ。筋肉も心も準備万端、怠《おこた》りなしだ。

胸を押さえてみる。鼓動は、とくっ、とくっ、とくっと、とくとくの中間あたりだ。リラックスしているわけじゃないが、緊張もしていない。心身ともに、ほんといい感じだなあ。

試合の前の一良とのどうでもいいような、ちょっと見馬鹿馬鹿しい（じっくり見ても馬鹿馬鹿しいだろうな、たぶん）やりとりは、意外と緊張を解いて、平常心を呼び起こしてくれる。おれ、認めたくないけど緊張し易いし、慌てん坊でもある。一良は、そこのところを熟知していて、何気なく（でもないか）ほぐしてくれるわけだ。ありがたいっちゃあ、ありがたい。

「いいな、長瀞。こいつは、こんな風で」

一良がおれを指差す。

「やたら温泉妄想モードにギアチェンジしちまうから気を付けろ。そのときは、さっきおれがしたみたいに猫騙《ねこだま》しの技を使え」

「はい。目の前でバチンとやればいいんですね」

「そうそう、相撲《すもう》の奇襲技の一つだ。猫騙しって命名は、ネコ目ネコ科の動物大好き人間のおれとしては納得しがたくはあるが、そのあたりは寛容な心が肝心で、一先《ひとま》ずこっち側に置いとく」

一良がエアー荷物を片側に寄せる真似をした。長瀞は、それがエアー荷物を片側に寄せる真似だと理解できなかったのだろう、〝な、何なんだ。この奇妙な、理解不能な動きは〟的な戸惑いを面に浮かべている。だからなと、一良が空咳を一つした。

「だからな、コホン。後ろから『あのう、先輩』なんてまともな呼び方しても、なかなかこっち側に戻ってこないって話だ」

「あ、なるほど猫騙しですね。勉強になりました。ありがとうございます、山本先輩」

長瀞が腰をほぼ直角に倒し、礼をした。

一良の目尻がでれっと垂れる。『山本先輩』の一言が嬉しかったらしい。それにしても、他人を呆《ほう》け者みたいに言いやがって。無礼者めが。さっき、ありがたいなんて思って損した。ぷんぷん。おれは他人よりちょっとだけ想像力が強くて、ちょっとだけ温泉が好きなだけですようだ。

「でも、やっぱり」

長瀞が身体を回し、おれを見る。まじまじと凝視してくる。

え？　いや、そんなに見詰められたら、は、恥ずかしいんですけど。おれの顔、変なのかな。まさか湯の華がついてるなんて……ないよね。

はい、突然ですがここで温泉豆知識コーナー④です。

湯の華とは広義では湧泉の沈殿物を指し冷泉ではケイ華、温泉では石灰華と呼ばれるものです。石灰華は沈殿した炭酸カルシウムを主成分としています。因みに湯《ゆ》ノ(の)花《はな》温泉という名の温泉は福島は南会津《みなみあいづ》と京都府亀岡《かめおか》市にあるそうです。

長瀞がずいっと前に出てくる。

「さすがに山田先輩、イメージトレーニングがハンパないです」

「はい？　イ、イメージトレーニング？」

「そうです。試合で最高のピッチングをする、その姿を思い浮かべてたんでしょう」

一良が顎を引く。眉を顰《ひそ》める。

「すばらしいです。さすがです。やっぱりです。見事です」

「あ、いやぁ、そんな。そこまで言われるほどのもんじゃないけどな。えへへへへ」

照れる。長瀞の眼差しも口調も真っ直ぐで、称賛に溢《あふ》れていた。こういうの、照れるでしょ。嬉しいけど恥ずかしいような気分になるよね。てへっ。

「意外に思い込みの強いやつだな」

一良が呟いた。

「山田先輩の球を受けられるなんて光栄です。ほんとに光栄です。おれ、がんばります。山田先輩のボールに必死に食らいついていきます。よろしくお願いします」

腰の角度をぴったり九十度にして（計ったわけじゃないけど）、長瀞は頭を下げる。

「いや、こここっちこそ。よろしくお願いします」

前世が小鯵のおれは、釣られて深々とお辞儀をしてしまった。長瀞って、マジで真面目だ。チョーが付く真面目だ。すんげえ真面目だ。おれ、付いていけるかな。付いていく必要はないかもしれないが、ちょっと不安になる。

身体を起こし、長瀞が言った。

「それで、先輩。サインの確認をさせていただいてよろしいでしょうか」

「サイン？　色紙とかにさらさらって書くあれ？　いやあ、そんな、そんな。プロじゃあるまいし、そこまではいくら何でもやり過ぎだって」

長瀞が「は？」と口を開けるのと一良がおれの尻をつねったのは、ほぼ同時だった。

「いてっ、何すんだ。後ろからつねってくるなんて、おまえは嫁いびり中の姑《しゅうとめ》か」

「時代遅れの譬えをするな。長瀞は、バッテリー間のサインの話をしてんだよ。誰がおまえのサインなんか欲しがるか」

「あ……サインね、サイン」

ここで照れ隠しの空咳を二つ、三つして、おれは鷹揚《おうよう》に頷いた。

「そうだ、サインは大事だ。特に、初めてバッテリーを組むわけだから入念にチェックしとかないとな」

「はい、お願いします」

「まっ、キホン、おまえがピッチングを組み立てればいいんじゃね」

「は、はい」

長瀞の頬が紅潮する。

「山田先輩のピッチングはテレビでずっと見てました。どこまでやれるかわかりませんが、精一杯、やらせて頂きます」

再び九十度のお辞儀。

こいつ、ものすごく真面目だ。ちょっと疲れる。

後ろでは、一良たち紅組バッテリーもサインの確認を始めた。

「妙鉱、おれはおまえのこと、ほとんど何も知らない。だから、これから一つずつ知っていきたいんだ。知りたいんだよ。いいだろ？」

一良の尻を思いっきりつねる。

「いてっ、何すんだよ。おまえは美しい弟嫁に嫉妬する、かつては美人と持てはやされたが、このところとみに容色の衰《おとろ》えを感じている痩せぎすの小姑か」

「譬えが古臭過ぎるばかりか、細か過ぎる。それに何だ、さっきの台詞は、下手な少女漫画のワンシーン、カベドン＆アゴクイばりの台詞だぞ。聞いてて、三角筋から大胸筋及び外腹斜筋までがむず痒《がゆ》くなってきた」

「おまえも相当、細かいな。あっ、わかった、ふふふ、やだね勇作くんたら、妬いちゃってるわけな」

「はあ？　焼くって何を焼くんだよ。魚か？」

一良はにやにや笑いながら、おれの脇腹を肘で小突いた。

「またまた、とぼけちゃって。おれが妙鉱に優しくしてるのに嫉妬なんかしちゃったんだろ。ふふふ。可愛いぜ、勇作」

「うわっ、キモイ。なんちゅうキモイことを考えるやつだ。わわわわ、見ろチキン肌になっちまった」

「ふむ。たしかに、立毛筋《りつもうきん》の反射的な収縮が腕全体に見られるな」

「あんまりキモイから寒《さぶ》イボが出たんだよ」

「ああ、鶏の皮のぶつぶつ、勇作、昔から苦手だったもんな」

「そうそう、鶏肉は大好きなのにあのぶつぶつはイマイチで……って、誰が鶏皮の話をしてる」

「ふふん、おれは鶏皮、好きだもんね。鶏皮のからっと揚げなんてぱくぱく食べられちゃうもんね。そこが、おまえとの差なんだよ」

「く、くそ。鶏の皮ごときで後れを取るとは、む、無念だ」

「かかかか、妙鉱、この試合、勝ったも同然だぞ、大船に乗ったつもりでいろ。かかかか、大義は我らにあり」

「あ……すんません。おれも鶏皮、嫌いなんで」

妙鉱が面倒臭そうに答える。一良の顔色が変わった。

「な、何だって、おまえ、この展開で、この場面で『鶏皮嫌い』のカミングアウトするか？　じょ冗談だよな。冗談だと言ってくれ」

「いやあ、おれ、冗談とか言うの面倒臭い性質なんで。食べる物も、そのまま生で食べられるのでないと嫌いなんすよ」

「面倒臭いから？」

返事をするのも面倒臭くなったがさすがに先輩（しかも、バッテリーを組むわけだしね）に気兼ねしてか、妙鉱は「はい」と短く答え首を前に倒した。

筋金入りの面倒臭がりだ。すげえなあ。

と、おれは感心してしまう。感心していいのかどうか迷う所ではあるが、やっぱり感心してしまう。

「あのう……。差し出がましくて申し訳ありませんが、そろそろ、試合が始まるので、お互いちゃんと打ち合わせをしておいた方がいいのではないでしょうか」

長瀞が遠慮がちに提案する。

まったくその通りだ。異存はない。鳥肌だの鶏皮だのでもめているときじゃないのだ。

で、おれたち新バッテリー二組は、ナントカカントカそれぞれにサインの確認をしつつ、相手を探り合った(言葉は悪いけど、初対面の初バッテリーだからね。相手がどういうタイプかって、ざっとでも摑んでおきたい。そういう意味の探り合いだ。妙鉱は、そんな面倒臭いことしないだろうけどなあ)。

そして、やっと始まりました、紅白戦。

お待たせいたしました。前置き長くて、すみません。

では、ここで栄えある紅白戦メンバーを発表いたします。

白組　先発メンバー
一番　山川《やまかわ》　聖《ひじり》　ショート　リョウドウ
二番　安藤《あんどう》　基《もとき》　ライト　アンちゃん
三番　伊藤　司　センター　不明　小学生のとき〝チャボくん〟だったとの噂あり。真偽、由来ともに不明
四番　杉山亮太　セカンド　コンガリくん
五番　前田　レフト　不明　〝キング・オブ・影の薄い男〟あるいは〝超存在感の薄い偉大な男〟との通り名あり
六番　森田祐一　サード　モーリー(かつてデコチン)

七番　池田山登《いけだやまと》　ファースト　ノボちゃん
八番　山田勇作　ピッチャー　小学生のときは〝オユサク〟
九番　長瀞智樹　キャッチャー　不明　おれ的には〝マジメ〟かな。些か捻りに欠けるが

紅組　先発メンバー
一番　小川哲也　レフト　ご住職
二番　河合《かわい》　晃《あきら》　セカンド　アイアイ
三番　山本一良　キャッチャー　小学校のときは〝イチラちゃん〟
四番　木村早雲　ファースト　中一までは〝お武家さま〟
五番　田中一慶　ライト（リリーフピッチャー）ポポちゃん（さっき鈴ちゃんに頼まれて、先発を譲ったらしい。見返りはなんだ？）
六番　三木藤太《みきふじた》　センター　ミッキー
七番　芥川和晴《あくたがわかずはる》　ショート　ブンゴウ
八番　倉野《くらの》　要《かなめ》　サード　カーナビ
九番　妙鉱五志　ピッチャー　不明　おれ的には〝ズボラマン〟か〝メンドウく

ん〟がぴったりだと思うが、これも些か捻りに乏《とぼ》しいかもしれない
　えっと、今更言うまでもないだろうけど、ポジションの下にあるのは渾名な。一応、老婆《ろうば》心《しん》から付け加えておきました。安藤さんの〝アンちゃん〟は、苗字から取ったと容易に推察できる。ただ、一説には安藤さんは無類の餡子《あんこ》好きとも言われており、そのあたりからの命名であるかもしれない。詳細はまだ、未確認だ。池田さんの〝ノボちゃん〟は下の名前からきている。因みに山登を〝やまのぼり〟と読んじゃだめだよ。〝やまと〟だって。山登りの好きな一家なんだろうか。これも未確認。
　三木のミッキーは、苗字からじゃなくて全体の雰囲気。そうなんだよ、あのミッ●●マウ●に似てんだって。おれからすれば、目がくりくりして、口が尖っているだけのネズミ顔としか思えないんだがなあ。ちょっと鼻にかかったアニメ声で、三木に「おーい、山田。今日は、ティータイムがあるのかあ」なんて話しかけられると鼻の奥がむずっとする。でも、くりくり目のネズミ顔とアニメ声がぴったり合っていることは認めざるをえない。だからだろうか、今年のバレンタインのチーム内チョコチャンピオンはこいつだったんだ。何と二十八個ももらいやがった。
「やだ、三木くん、可愛い」

「なーんか癒《いや》されるよねえ」

「三木くん『やあ、みんな。夢の国にようこそ。一緒に楽しもうね』って言ってみて」

「きゃあ、きゃあ、きゃあ」

だってよ。くそっ、悔しいぜ。でも、三木はいいやつで、二十八個のチョコレートをさいとう高校野球部ティータイム（我が野球部にはティータイムなるものが存在する）のときに、全部、供出してくれた。いや、全部じゃなかったな。確か二十七個しかなかった。一個だけ、三木は持ち帰った。つまり、本命からのプレゼントだったわけだ。きっと、手作りだったんだろうな。それでもって、バレンタインの夜にアニメ声で、本命ちゃんに「チョコ、ありがとう。美味かったよ。もう大満足。夢の国にいるみたいだった」なんて連絡して……ううっ、やっぱり悔しい。

でも、三木のアニメ声もさることながら、倉野のカーナビ能力もすごいんだ。なんせ、未知の場所だろうが入り組んだ住宅街だろうが道らしい道のない、電波も届かない（つまりググることもできない）山の中だろうが、カンだけで目的地に到達できる。すごくね？　まさに、天才的ナビゲーターなんだ。それから……え？　渾名の解説はもういい？　それより、前田さんの名前がない？　ぎょえっ、ほんとだ。前田さんは……だから、前田さんは……何て名前だったっけ？　せっかく、長テーブル効果で前田さんのこと忘れなくなったのに、下の名前までは力及ばなかったか。おれもまだまだ、未熟だ。前田さん、すみません。

おれが心の中で前田さんに手を合わせたとき、杉山さんと一良の「大阪ジャンケン、負けたら勝ちよ。ジャンケンポン」の掛け声に続いて、

「よしっ、負けた。おれらが先攻だぞ」

と、杉山さんがこぶしを持ち上げた。負けた方が勝ちになるジャンケンをどうして大阪ジャンケンというのか謎だが、今、さいとう高校野球部内でのジャンケンは全てこれになっている。

「はい、では試合始めよう」

との鈴ちゃんのかけ声を「プレイボール」の大声が掻き消した。小林《こばやし》部長の声だ。井上さん亡き後、じゃなく卒業後、〝学校随一の大声の主〟の名を恣《ほしいまま》にしている小林先生については後で説明する（簡略にね）。

試合開始。白組先攻。ということで、紅組の先発、妙鉱がマウンドに向かう。しゃきしゃきって感じじゃないけど、そんなに面倒臭そうでもない。

「なあ、長瀞」

横に座る長瀞に話しかける。

「はい。何でしょうか」

長瀞は立ち上がり、両手を身体の横にぴたっとくっつけた。

「いややや、そんなに畏《かしこ》まらなくていいべよ。もうちょい、柔らかく、緩めれ。何かおれまでキンチョーしてくっからさ」

「あ、す、すみません」

「だから、いちいち謝らなくていいってんだ。おまえな、真面目なのはいいけど、ちょい緩むってのも大切だべ」

「はあ……」

おれは手振りで、長瀞に座るように促した。長瀞は素直に二段目に腰をおろす。さいとう高校のグラウンドは校舎の地上面より少しばかり低くなっているので、三段だけの石段がついている。試合のとき一塁側ベンチになる場所だ。

「あ、あの、先輩、お聞きしたいのですが」

「なんだべ」

「やっぱ、サインも訛《なま》った方がいいですよね」

「サインが訛る？」

「はい。先輩、さっきからかなり訛ってますし、訛るのそうとう好きなんでしょうか。だとしたら、『インコース低め・ストレート』じゃなくて『インコース低め・ストレートだべ』の方が投げやすいんじゃないかと」

長瀞は『インコース低め・ストレートだべ』に東北弁風のアクセントをつけて発音した。

「それとも、『インコース低め・ストレートでおすえ』とか『インコース低め・ストレートでごわす』とか『インコース低め・ストレートじゃで』とかの方がいいですか」

おれは混乱する。

「長瀞、サインだぞ。バッテリー間のサインに訛りが関係あるか？」

「ビミョーにあると思います」

「どうやってサインで訛りを伝えんだよ」

うーんと、長瀞は首を傾げた。いたってまとも、真面目、真剣な表情だ。おれをからかって楽しんでいる風はない。

「気持ちを込めれば伝わります。そうすると、ピッチャーのやる気が俄然《がぜん》、違ってくるのは確かですよね」

違わねえだろう。『インコース低め・ストレートでおすえ』なんてサイン出されて、やる気になるピッチャーがいるか？

「あのさ、長瀞」

おれは恐る恐る問うてみた。

「もしかして、もしかしてだけど、妙鉱とは訛りでサインのやりとりをしてたのか」

「そうです。あいつ、マウンドではやけに活動的になるんです。その分、いったんマウンドから降りちゃうと……」

もごもごと長瀞が語尾をぼかした。「……」のところは問い詰めない方がいいと、おれの本能が告げる。

「活動的と訛りサインとの関連が、イマイチ摑めないんだけどなあ」

「あ、ですから、サインにバリエーションを付けろって要求してくるんです。その方が、よりハイになれるって」

「ハイ？　妙鉱がか？」

「はい」

「今は返事の『はい』で、さっきのは『high tension』の『ハイ』だよな」

「はい、そのハイです」

今度はおれがうーんと唸った。妙鉱について、おれはほとんど何も知らない。妙鉱温泉が老人ホームになっていることも、ついさっき知ったばかりだ（どうして知ったかは、本筋とは関係ないので省く）。温泉付きの老人ホームなんて、ちょっと、いいかもな。神経痛やリウマチなどの痛みの緩和に、温泉は優れた効能がある。年取って、のんびり温泉に浸かりながら「おれの腰痛は、ハンパなくすごいぜ」、「ふふっ、おまえさんの腰痛なんぞ、おれの坐骨《ざこつ》神経痛に比べたら、青洟《あおばな》垂れたガキみてえなもんよ」、「なんだと、おれの年季入りの腰痛を舐めんなよ」、「へっ、そんなもの、膏薬《こうやく》張った上からちょいちょいと舐めときゃ治るさ」、「てめえ、よくも馬鹿にしやがったな」なんて言い合いをしてると、傍《はた》から「まあまあ、温泉に入りながら争いはやめなさいよ。温泉に申し訳ないだろう」と仏耳、豊頬《ほうきよう》の老人が老人たちを窘《たしな》める。その、気品漂う姿に争っていた老人たちは思わず……。

長瀞がおれの目の前で手を広げている。

「わっ、猫騙し、やめろって。誤解すんな、おれは、妙鉱温泉じゃなくて、さいとう高校野球部新入部員（仮マーク含む）の一人の妙鉱のことを考えてたんだ」

「あ、そうだったんですか。すみません」

長瀞が素直に謝る。

「えっと、だから、おれは妙鉱について何も知らないけど、あいつがハイになるキャラだとは、どうしても思えないんだけど」

「はい。たいていの人はそうだと思います、五志は普段は本当に面倒臭がりで、風呂に入るのに服を脱ぐのも面倒臭がるし、入っちゃうと今度はパジャマを着るのが面倒臭いって裸で、しかも、ろくに身体を拭きもせず、ベッドに潜り込んだりするんです」

「そ、それは、すごいな」

「はあ、ですから、あいつ、家では律子さん手作りの貫頭衣《かんとうい》を着てます。それだと脱ぐのも、着るのもチョー簡単なので」

か、貫頭衣？　まさか二十一世紀の高校のグラウンドで、そんな単語を耳にするとは思ってもいなかった。

貫頭衣を着ている男子高校生を想像できる猛者《もさ》が、今、ここに何人いるだろうか。

びっくりした。びっくりし過ぎて、律子さんが何者か聞くチャンスをまた逸してしまった。

「家だけでなく、一事が万事、そんな調子で。制服も貫頭衣にしてもらいたいなんて言い出す始末です」

貫頭衣の制服……。嫌だ、そんなの絶対に嫌だ。まだ、腰に蓑《みの》を巻きつけた浦島太《うらしまた》郎《ろう》スタイルの方がマシだ。あんまりマシじゃないけど、ちょっとだけマシだ。

「まあ、それくらい面倒臭がりというか、ほとんど全てにおいてロウなやつなんです。おれが言うまでもなく、よくわかっていると思いますけど」

うん、わかってる、わかってる。倉野は別格として、おれは一良ほどもカンがよくない。けど、カンの良い悪いのレベルじゃなく、妙鉱が極め付きの面倒臭がりだってのは、わかる。おそらく、土中のモグラだってわかるだろう。

「ところが、マウンドにいるときだけは人が変わって」

変わってどうなるのか長瀞が語る前に、雄叫びが響いた。

「よっしゃあ、絶好調。やるぜーっ」

妙鉱がマウンドで腕をぐるぐる回した後、バッターボックスに立つ山川さんに、真っ直ぐに向けた。そして、

「先輩、行きます。遠慮しません。覚悟してください」

と、堂々の打ち取り宣言をかましたのだ。ざわめきが起こる。

山川さんは、「え？　え？」という感じで辺りを見回している。後輩からの挑発が自分に向けられたと、とっさに理解できなかったらしい。まあ、無理ないよね。あのでれぇ〜とした妙鉱からは想像できない勢いだものなあ。

しかし、そこはさすがに学年トップの学力、知力を誇り、〝歩く文武両道〟略して〝リョウドウ〟の異名を誇る山川さんだ。一時の驚愕が過ぎれば、普段通りの平常心を取り戻し、あまつさえ苦笑する余裕さえ見せた。構えもぶれがない。気持ちが乱されていないのだ。

「さすがに、さいとう高校のレギュラーですね。落ち着いてる」

長瀞が息を吐き出した。

山川さんは己を保っている。

一良はどうだ？

おれは立ち上がり、一良の表情を窺おうとした。遠いしマスクをしているし、無駄とは重々わかっていたけれど、今、一良がどんな顔をしているか妙に気になったのだ。戸惑っているのか、啞然としているのか、おもしろがっているのか、それとも……。

一良がサインを出す。

妙鉱が頷いた。

「うわぁっ」

長瀞が叫びとため息の中間のような声を上げた。

「すげえ、さすがだ。五志が一発で頷いた。すげえ、やっぱすげえ、さすがだ。すげえ。すごすぎる」

「何がすげえんだ。サイン、出しただけだろ」

「そんな、そんな。とんでもない。あいつ、マウンドではすげえ強情で、すげえ唯我《ゆいが》独尊《どくそん》で、すげえ神経質で、すげえ乾燥肌になるんです。おれならともかく、まったくバッテリー経験のない相手のサインに一発で頷くなんて、すげえや。すげえ信じられない」

長瀞は興奮すると「すげえ」を連発する癖があるらしい。それにしても、強情や唯我独尊や神経質は許容できるとして、乾燥肌ってなんだ？　急に痒い、痒い、痒いってなっちゃうわけ？

おれは長瀞からマウンドへと視線を移した。今、まさに、妙鉱が振りかぶったところだ。「おっ」と、声が零れた。

身体の線はまだ細いけれど、フォームは安定している。揺るぎがない。軸がぶれていないのだ。地にどっしりと根を張った大樹のイメージではないけれど、真っ直ぐに堂々と伸びた若木の感じがする。危なげない。見ていて、気持ちがよかった。

これは、なかなか、かも。

妙鉱の指からボールが放たれた。

ストレートだ。小気味よい音がして、一良のミットが一球を捕らえた。紅組内にざわめきが起こる。白組も同じようにざわめいた。

「ストライク」

審判役の小林先生が右手を掲げた。小林先生は我が野球部の部長である（はい、ここで説明入ります）。野球の経験はないそうだ。その代わり、じゃないけど柔道三段、合気道初段の段持ちだ。強面でごつい体軀《たいく》なので、しょっちゅう、監督に間違われる。春の甲子園出場を決めたとき、さいとう高校に取材に来たマスコミ関係者の九割が小林先生に「監督としての抱負を聞かせてください」と頼んでいた。鈴ちゃんは選手の一人と見なされていたらしく、「きみのポジションどこ？」と、これもしょっちゅう尋ねられていた。

「ポジションというのも何ですが、一応、監督してます」

鈴ちゃんが律儀に答え、

「はは……、あんまりおもしろくないジョークだな。このごろの高校生のユーモアセンスも今ひとつってとこだねえ」

と、相手が肩を竦める場面を何度、目にしただろうか。

小林先生は屈めていた腰を起こし、ちらっと鈴ちゃんを見やった。なかなかの威力ですな。金壺眼《かなつぼまなこ》が語っている。

鈴ちゃんは、両手の指で胸の所にハートを作った。

どっきどきですね、とのジェスチャーをしながら、意外と落ち着いている。そうか、鈴ちゃんは知ってたんだ。妙鉱がどんなピッチングをするか、ちゃんとわかっていた。中学のときの試合のビデオ、何回も見ているに違いない。鈴ちゃんて童顔《どうがん》で、ほにゃっとして、痩せっぽちで、ちっとも監督らしくないけど、なかなかの強者《つわもの》なんだよな。

「野球については（ぼくは）ほとんど何も知らないけど、野球に強くなる方法なら熟知しているつもりだ」

だから、一緒に野球をしようよと、こんなかっこいい台詞をすらっと言えるんだぜ。しかも、嫌味度〇パーセントで。最高の口説き文句だよなあ。おれ、見事、口説かれちゃったもんなあ。

「スットライク」

小林先生のコールがまたまた響く。

今度もインに食い込むストレートだった。一球目、山川さんはわざと見逃した。山川さんは、初対面のピッチャーの初球は必ず見送る。ただの癖なんかじゃ、むろん、ない。とにかく見るのだ。相手の最初の球をじっくり見る。見て、一球目と二球目の間に考える。

このピッチャーをどう打ち崩せるか。

だから二球目もあっさり見逃すなんて、珍しい。

手が出なかった？

いや、妙鉱がいいピッチャーなのは認める。あの球は、ついこの前まで中坊だったやつの投げる球じゃない。すげえと思う。思うけど、まだまだ、これからだ。おれもこれからだけど、一年分は上だろう。ただの一年じゃない。さいとう高校野球部で過ごした一年だ。創作ランニングコンクールで鍛えられ、ミーティングで鍛えられ、課題図書で鍛えられた。何より、みんなで地方予選を戦い、甲子園という大舞台を経験した。鍛えられ方、ハンパじゃない。

この差は大きい。山川さんは、おれよりさらに一年多くをさいとう高校野球部員として経てきたのだ。だから、山川さんが手もなく妙鉱に打ち取られるとは思えない。

三球目。妙鉱はやはり、一良のサインにあっさり頷き構えた。

変化球、カーブだ。

すげえと驚嘆するほどの球ではなかったが、威力ある速球の後での緩い変化球は、かなり効果的だ。

ストレートに力があれば、それを核にしてピッチングを組み立てられる。太い柱が一本、どんと立っているようなものだ。屋台骨がしっかりしていると崩れは最小限に抑えられる。万全ではないが、かなりの安心感はあるってことだ。

ピッチングって地震対策にも応用できるんだな。

妙鉱はつまり、地震対策ばっちりの耐震型ホームなわけだ。

おれ？　ははん、おれなんかチョープレミアム地震シェルター（温泉付き）みたいなもんさ。どんとこいだ。

虚勢じゃないよ。それくらいの地震、じゃなくて自信がなけりゃ、マウンドには上がれないからさ。

おれはすごい、おれは負けない、おれは硫黄泉だ、泉質最高だ。

かように自分を信じられるのもいいピッチャーの条件の一つだ。と、これも鈴ちゃんから教わった。「自分を信じられる者だけがマウンドに立てるんだよ、山田くん」ってね。これも、ちょっとした殺し文句でしょ。おれ、ピッチャーであることが、あり続けることが、誇らしいような怖いような、でも、心が浮き立つようなヘンテコな状態になっちゃって、一良から「どうした、勇作？　湯中《ゆあた》りしたみたいになってるぞ」なんて顔を覗き込まれたんだ。いくらおれでも、グラウンドで湯中りはできないよな。

音がした。

バットがボールを打ち返した音だ。

そうだ、山川さん、変化球打ち得意なのだ。まさにこの一球を待っていたって感じだ。

空に高く白球が上がる。

え？　ホームラン？　そこまでいっちゃうか。ヒュッ。

おれが下手な口笛を吹いたのとはまったく関係なく、弧を描いていたボールの勢いがしゅるっと衰えた。力尽きたように、落ちていく。ライトのポポちゃんが二、三歩前に出て、そのボールをがっちりと捕らえた。

ライトフライだ。

「ワンアウト、ワンアウト」

妙鉱がワンナン、ワンナンと聞こえる本場張りの発音（すみません。本場の発音、知りませんでした）をして、指を一本立てた。

「いえぃ、やれるぜ」

「いけいけ、妙鉱」↑これ、早雲。チームで一番、ノリがいい男。

「おう、おれ、ぜっこぅちょお。ぜっこぅちょお」

「そうそう、ぜっこぉうちょお。こうちょぉう（校長？）来ても止められない」↑早雲
「いぇい、先輩、やるじゃない」

「はい、はい、後輩、はい。そう言うおまえもなかなかさ。はい、はい、はいさっさ」↑早雲
おれは、ちょっと頭が痛くなった。顰めた顔を長瀞に向ける。長瀞はマウンドをチラ見しながら身体を縮めていた。何とも居心地が悪くて、いたたまれない。そんな風だ。

おれは、ことさら軽やかな調子で言った。

「妙鉱って、ああいうキャラだったんだなぁ」

まさか、早雲と一緒に下手くそなラップを披露できる一年生がいるとは、思ってもいなかった。野球とはまったく関係ないけど、畏るべし妙鉱五志。

おれの軽やかさを帳消しにする湿った口調で、長瀞は答えた。

「いえ……。あの、マウンドにいるときだけです。ほんと、限定的な現象なんです。いつもは借りてきた猫みたいにおとなしいんです」

「借りてきた猫は決しておとなしくない、むしろ、暴れるって、一良が言ってたな。猫は猫を被《かぶ》ったりしないんだってよ」

「そうですか。猫は誤解され易いんですね。信じてもらえないって辛いですよね」

長瀞が俯く。ほうっと一つ、短いため息を吐いた。

「いや、おれは別におまえのこと疑ってなんかないぜ。ただ、妙鉱のあまりのハイぶりに、気持ちがついていかないというか」

「重いぞ」

「重いっつーより、軽すぎるんじゃないのか。あいつら」

「いや、こっちが思ってる以上に重いぞ。あいつのボール」

「ひえっ、山川さん」

山川さんが眉を寄せ、右手をひらっと振った。

「アンちゃんにも伝えといた。意外なほど手応えがある。おれとしてはけっこう上手くミートしたつもりだったんだが、押し返された」

山川さんは顎を上げ、舌打ちをした。付き合って、じゃなくて、知り合ってもう丸一年近くになるけど、山川さんの舌打ちを初めて聞いた。

「たかが一年と、舐めてかからん方がいいぞ。そう言えば山田だって、一年のときからずっとエース番号、背負ってるわけだからな」

「まあ、えへへ」

おれが柄にもなく照れたとき、ボールがグラウンドを転がった。ショートへのゴロだ。

ブンゴウが危なげなく処理し、一塁に送った。ブンゴウの渾名の由来はもちろん、芥川って苗字だ。本人は、「さいとう高校野球部に入って、読書のおもしろさに目覚めちゃったよ、おれ」とかで、去年一年かかって、芥川龍之介全集を読破した。でも、本当は小説より漫画の方がずっと好きなんだって。本人は明言しないが、漫画家になりたいんじゃないかな。イラストレーター志望の森田さんと時折、話なんかしている。そういうとき、夢を共有する者だけの世界って雰囲気になって、他人はなかなか割り込めない。割り込みたい者はいないだろうが。

ブンゴウからの送球を早雲がこれも危なげなく受けとった。安藤さんは俊足だけど、さすがに間に合わない。塁審役の新入部員（仮マーク含む）が遠慮がちにアウトを告げた。

「よっしゃあ、ツーアウト、ツーアウト」

妙鉱がまたまた吼える。指を二本突き出し、胸を張る。

「いえぃ、ミョウコウ、やるぅね、ミョウコウ、日本一」

すかさず、早雲がさっきのノリで声をかける。

「ありがと、先輩。いぇいえい。えいえいえいえぃびぃしぃ。まだまだ、これからでいいいえふ」

あほか、二人とも悪ノリし過ぎだ、いぇいえい、ワルノリ、ヤキノリ、アジツケノリ、食べられないのはどれでしょう。いぇいっ。あっ、いけねえ。また他人に釣られてしまった。

小林先生が一良に何か言った。一良はマスクを取ると、マウンドまで走った。そこで、早雲を手招きする。きっと、小林先生からの注意を伝えるのだろう。

「長瀞くん、長瀞くん」

鈴ちゃんが長瀞の肩を軽く叩いた。

「はい、監督、何でしょうか」

長瀞は立ち上がり、直立不動の姿勢をとった。

こいつ、どっかの国の軍隊でも入ってたのか。いや、正直、妙鉱と足して二で割れば、程よい湯かげん……じゃなくて人かげんになると確信しちゃうね、おれは。

鈴ちゃんが慌てて、首を振る。

「いやいやいや、そんなに畏まらなくていいから、そんなにされると、何か胸がどきどきして苦しくなるよ。十代だと、どきどきもときめきかと思えるけど、三十過ぎると不整脈や心臓疾患を疑わなきゃいけないからねえ」

「えっ、監督って、三十過ぎてるんですか」

「うん。まあ、ちょっとだけね。えへへ」

信じられない。と、長瀞の唇が動いた。おれら現役高校生からすれば、三十代は完璧にオジサン・オバサンの範疇《はんちゅう》だ。どんなにかっこよくても、きれいでも、かっこいいオジサンであり、きれいなオバサンである。住む世界が違うとまでは言わないが、ズレてるのは間違いない。ところが、鈴ちゃんにはそのズレを感じない。まぁ、見た目も妙に少年っぽいとこあるしね。

だから、長瀞が絶句したのもわかる。

これから、驚いたり、唖然としたり、戸惑ったり、「信じられない」と呟くことにわんさか出会うからね、長瀞くん。くふふふふ。

何故だか愉快な心持ちになって、でも、愉快そうに振る舞うわけにもいかなくて（なんせ、味方打線が続けて打ち取られたんだからね）、おれは、笑いをかみ殺すのに苦労した。

「あのね、妙鉱くんのことだけど、今日はまた一段と調子に乗って……活発で明るいよね」

「はい、確かに……」

「試合になると妙鉱くんが元気になるのは知ってたんだけど、ここまでノリノリになるの珍しいんじゃないかな」

「そうですねえ。はい、監督の仰《おお》せの通りです。ものすごくのってるみたいで……。いつもなら、審判から注意を受けるほど騒がしくはないのですが。今回は、ご迷惑及びご心配をおかけしてまことに申し訳ございません」

長瀞は、不祥事を引き起こした企業のトップみたいな物言いをした。トップは型通りの謝罪言葉を型通りに口にしているだけかもしれないが、長瀞は心底、恐縮している風だ。

「いや、だから謝ることなんかないよ、それだけ、気持ちよく投げてるってことだからね。つまり、妙鉱くん調子がいいわけだよね。本人が『ぜっこぉうちょお、ちょ

お、ちょお、ちょおちんあんこうぅ』とまで言ってるぐらいだから」

監督、ちょおちんあんこうぅって何ですか。提灯鮟鱇《ちょうちんあんこう》のつもりですか。そんなこと妙鉱も早雲も一言も言ってません。

おれは突っ込みそうになったが（鈴ちゃんは、いつもツッコミどころ満載なのだ）、長瀞は突っ込むどころか、さらに身を縮めた。

「で、長瀞くんから見ても、妙鉱くんの調子はいつもよりいいみたいかな？」

「はい。ストレートの伸びが抜群です。ものすごく調子いいんじゃないでしょうか」

「ふむふむ。なるほど。妙鉱くんは、どっちかというと、最初からエンジン全開っていうより、徐々に調子を上げていくタイプだよね」

「あ、はい」

よく知ってますね。と、長瀞の唇が動いた。おれは読唇《どくしん》術を会得《えとく》しているわけではないが、会得していなくても読み取れる。長瀞は、とてもわかり易い男なのだ。一良のとこのトラ（縞猫）でも、読めちゃうんじゃないかな。

「まさに、仰せの通りでございます」

長瀞、長瀞、時代劇入ってるぞ。早雲の影響を早くも受けたのか。戻れ、現役男子高校生に戻れ。

「たぶん、この後、さらに調子を上げてくるはずです。ですから、えっと、あの、少なくとも本人は完封を意識してます。もちろん、言葉にはしないでしょうが、心の中では」

「よっしゃあ。このまま、完封街道まっしぐらだぜ」

妙鉱がまた吼えた。

一良は頭を抱え、小林先生はまさに〝苦虫を噛み潰《つぶ》したような顔〟になり、早雲は遠慮がちに「いえぃ」と手を挙げていた。

「しっかり、言葉にしてるね」

「……すみません」

我が子が不祥事を引き起こした母親よろしく、長瀞はひたすら謝っている。ちょっと、気の毒になる。「こんないいお母さんに苦労かけちゃ駄目だろう。わかってるのか」なんて、妙鉱に説教したくなった。

「うーん、自信があるのはいいことだけど、過剰になるとちょっと問題だなあ。ビタミンだって摂り過ぎると害になるって言うものね」

監督、自信とビタミンを一緒にしちゃいますか。「なんでやねん」と突っ込むほどじゃないけれど、些か引っかかります。

長瀞が顔を上げた。

「過剰じゃないかもしれません」

「うん？」

「妙鉱が調子に乗ってるのは事実ですが思い上がってはいないはずです。ああ見えて、冷静に自分を見られるところ、ちゃんと持っていますから」

「ふーん、と言うことは」

鈴ちゃんが顎を引き、引いた顎に軽く指を載せた。

「妙鉱くんは本気で完封する気なんだ」

「満々です」

「長瀞くんは、どうかな？　できると思う？」

「とんでもないことが起きない限りは」

「とんでもないことって、例えば、突然、グラウンドが陥没するとか、空から小型哨《しよう》戒機《かいき》が落ちてくるとか、校長が血相を変えて『逃げろ、逃げろ』って叫びながら走ってくるとか、そういうこと？」

「……いえ、そこまで大事《だいじ》ではなくても……」

監督、長瀞の〝とんでもない〟は妙鉱が肩に打球を当てるとか、スライディングのとき捻挫《ねんざ》するとか、突然の雨で試合続行が不可能になるとか、そういう類だと思います。小型哨戒機まで出しちゃうと、日本の安全保障政策に影響しちゃいますよ。

「なるほど、なるほど。長瀞くんも今日の妙鉱くんには絶対的な自信をもってるんだ」

「ずっとバッテリーを組んできましたから、わかります」

長瀞は低く、しかし、はっきりと言い切った。

「あいつの調子がいいときって、そうそう打てるもんじゃありません。たとえ、先輩たちでも、苦労すると思います。まして、点を入れるのは至難でしょう」

「へぇ、言うもんだね」

「真実ですから」

「なるほどねえ、キャッチャーとしてそこまで信頼しているわけだ。信頼してもらえる妙鉱くんはすごいねえ。それに、幸せなピッチャーだ。ね、山田くん」

「はい。ほんとです」

「でも、世の中はそう甘くないよね、山田くん」

「甘くないですねえ。特に、伊藤さんはピリリッときちゃいますよ。そうとう、辛いです」

「家は甘味処《どころ》&プチレストランなのにねえ」

「ですねえ。家業に関係なく、まったく甘くない人ですよ」

長瀞はおれと鈴ちゃんを交互に見やり、瞬き一つして、視線をバッターボックスに向けた。

白組の三番、伊藤さんがバットを構えている。

ツーボール、ツーストライク。

五球目の変化球を伊藤さんはカットした。ボールが三塁側のファウルグラウンドを転がる。六球目のカーブもファウルになった。

「伊藤くん、タイミングが合ってきてるんじゃないかな。さて、長瀞くん、きみなら、次に何を要求する」

「インロウのストレートです」

一寸の躊躇いもなく、長瀞は言い切った。

「変化球の後で、五志のストレートはとても有効です。たいていの打者はついていけない」

「たいていの打者はね。さて、山本くんはどんなサインを出すかな」

鈴ちゃんが、にっと笑う。無垢な子どものような笑顔だ。でも、鈴ちゃんは無垢な子どもではない。さいとう高校野球部の監督だ。監督のこの笑みが、相手チームにとってはなかなかに厄介《やっかい》な代物であると、おれたちは知っている。

マウンド上で妙鉱が首を横に振った。

一良がサインを出しなおす。

妙鉱はまた、拒否の仕草をした。

三度目も同じ展開だ。

「おやおや、なかなか決まらないねえ」

鈴ちゃんが、変に嬉し気に聞こえる声で呟いた。

やっと、妙鉱が頷いた。

ふっと、一良がため息を吐いた気がした。見えたわけじゃないし、マスクを被ってため息なんか吐くようなやつじゃないと、よくわかっている。でも、胸の内では吐いたはずだ。長瀞じゃないけど、おれと一良の付き合いも長い。腐れ縁を通り越してミイラ化しているぐらいの、関係だ（自分でもよくわからない譬えだ。ごめんなさい）。見なくても、聞かなくても、わかる。

一良は今、ため息を吐いた。そして、心で「しょうがねえか。好きにやらせてやるか」と呟いたに違いない。

ふふっと鈴ちゃんが、また、笑った。

妙鉱が大きく振りかぶり、投げる。

インコース低め・ストレート。

「だべ」も「おす」も付かない、正真正銘のインコース低めのストレートだ。

伊藤さんのバットが回った。

打撃音。

ボールは内野を真っ直ぐに突っ切って、ライト前に転がった。クリーンヒットだ。

「あっ」と、長瀞が声を上げた。

おれは鈴ちゃんを見上げる。鈴ちゃんは、珍しく引き締まった眼差しをグラウンドに向けていた。さっきまでの笑みは拭い去られている。鈴ちゃんが何かを言う気配もないので、おれがまず口を開いた。

「伊藤さんは、ストレートに的を絞ってたんだよ」

むろん一良は百も承知していた。だから、たぶん、アウトコースへ逃げる変化球のサインを出したんじゃないだろうか。妙鉱は、それを拒否した。

「的を絞ったからって、打てるもんじゃないでしょ。そう簡単に打たれる球じゃないはずだ」

長瀞がむきになって、言い返してくる。おや、こいつ、意外に感情的な面もあるんだな。なるほど、なるほど。

「打たれただろう、現実に」

「それは……」

唇を噛んで、長瀞は黙り込んだ。

「今のヒット、たまたまじゃないぜ。妙鉱はあのストレートに相当の自信があったんだろうが、伊藤さんには通用しなかった。そして、たぶん、次も」

グラウンドに向け、顎をしゃくる。

杉山さんがバットを手に打席へと入るところだ。

次も通用しない。まともにいけば、だが。

「妙鉱、ツーアウトだ。落ち着いていけ」

ショートからブンゴウが、すかさず声をかける。早雲と違って、実に的確、かつ、正当な台詞ではないか。

妙鉱が指二本を突き出して、頷いた。アウトカウントのつもりか勝利のVサインのつもりか。打たれたショックはさほどないらしい。少なくとも面には表れていなかった。もっとも、ヒット一本打たれて狼狽《うろた》えていては、ピッチャーは務まらない。

おれなんか、甲子園の大舞台で、出合い頭にホームラン打たれちゃったもんな。まったく、自慢にもならないけど（当たり前か）、それでもめげなかったことだけは、まぁ、ちょっと褒めて欲しい気がしないでもないんだけど、一良曰く「あほか。出合い頭にホームランを打たれたピッチャーが大口、たたくな」とのことなので、おとなしく引き下がります。

「杉山くんもねえ」

不意に鈴ちゃんが口を挟んできた。長瀞がこくりと息を呑み込む。

「ストレートにめっちゃ強いよ。変化球にはもっと強いかなあ。なにしろ、うちの四番だからね」

「五志の球が通用しないと？」

「うん。通用しないね」

長瀞がぽかっと口を開ける。それから、ぽかっと口を閉じる。ぽかっとぽかっの間は二秒ほどだろう。その間に、さて何を考えたか。

おれは立ち上がり、口を閉じたばかりの長瀞を促した。

「長瀞、肩慣らし始めようぜ」

「あ、はい。あ、すみません」

長瀞が慌ててレガースを着け直す。鈴ちゃんがのんびりした口調で、おれを呼んだ。

「山田くん」

「はい」

「山本くんは、何を投げさせるかなあ」

「インコース低め・ストレートでしょ」

「伊藤くんに打たれたのと同じコースか」

「ええ。一良なら同じところに投げさせるはずです。ここで、変化球は要求しない」

「のようだな。妙鉱くんが少し驚いている」

マウンドで妙鉱は瞬きを繰り返していた。瞬きしながら、一良のミットを窺っている。それから、大きく息を吐き出した。

セットポジションから一良のミットめがけて投げる。

「スットライク」

小林先生のコールが響く。

鈴ちゃんが、ひゅっと口笛を吹いた、掠《かす》れて、お世辞にも上手いとは言えない。

「当たりだ。さすが山田くん、読んでるね」

「まあ、一良の気性は嫌になるぐらい知ってますから」

杉山さんが一良に何かしゃべった。「山本、同じコースかよ」。「まったく同じですね」。「打てるものなら打ってみろって意味か」。「いやあ、そこまで大胆な発言はできませんね。で、もう一球、いきますか」。「インロウか」。「さて、どうでしょう」なんて、会話に隠した駆け引きが行われているんだろうな。

長瀞相手に軽くボールを放りながら、グラウンドに目をやる。

妙鉱の二球目は、外に大きく外れるカーブだった。杉山さんは見送った後、軽く肩を竦めた。三球目は外寄りのストレートがストライクゾーンぎりぎりに入ってきた。杉山さんがバットを振った。打球が左に大きく逸れていく。ファウルだ。

ワンボール、ツーストライク。カウントとしてはバッテリーが有利だけれど、さて、妙鉱の内心はどうだろうか。

四球目を杉山さんは弾き返した。美しいとさえ思える軌道を描いて、ボールが飛んでいく。球場ならスタンドへ一直線か。センターの三木が走る。そして、跳んだ。そのままグラウンドを転がる。練習していたサッカー部の連中が「わおっ」と叫んで、後ろに下がった。三木は立ち上がり、グラブの中のボールを高々と掲げた。

拍手が起こる。野球部だけでなくサッカー部の面々も手を打ち鳴らしてくれた。

三木はミッ●●マウ●じゃなくて、くまのプ●さんのように凛々《りり》しく見えた（プ●さんが凛々しいかどうかについては、個人の感性の問題だとだけ申し上げておく）。

「うん、すばらしい。三木くんの守備力、また一段と磨かれたね」

鈴ちゃんが本当に嬉しそうに目を細めた。

「妙鉱、命拾いしたな」

おれの一言に、長瀞は何も答えようとはしなかった。独り言みたいなもんだから、答えてくれなくてもいいけどね。

「さ、攻守交替。出番ですよ、山田くん」

「はい」

「長瀞くんもいってらっしゃい」

鈴ちゃんがひらひらと手を振る。監督に手を振られて、どうリアクションすればいいのか、長瀞は判断できず「いってきます」と軽く頭を下げた。

出番だよ、勇作。

マウンドが待ってる。

おれは深呼吸をして、温泉と同じくらい愛しい場所へと駆け出した。で、今回は駆け出したところで、お別れです。じゃあね、ダ・スヴィダーニャ。

いやいや、今年の新人なかなかやりますなぁと感心してる場合じゃないけど感心してしまう、山田でした。

その七、ふふふ。いよいよ、試合のマウンドです。ふふふ。


「いよいよですね」

長瀞が言った。おれにじゃなく、自分に言いきかせているみたいだ。

「だな。けど、そんなに力むな」

おれは先輩らしく（むふふ）鷹揚に返す。

「はい。いや、でもこれから、試合なんです。紅白戦なんです。グラウンドの使用許可が下りなくて四回までしかできないけど、吹奏楽部と調理部に先を越されちゃったけど、けっこう行き当たりばったり感が満載だけど、紅白戦なんです。試合なんです。本気でしっかりやりましょう」

「あ……う、うん。あの長瀞さ、ちょっと長くね」

「は？　長いとは？」

「いや、おれが思うに『紅白戦なのでしっかりやりましょう』でいいんじゃないかと……」

「駄目です」

ものすごくきっぱりと、長瀞は言い切った。

「紅白戦といえども野球の試合です。ラグビーやサッカーではありません。水球でもハンドボールでもありません」

そりゃあ、ありませんでしょう。野球部の紅白戦で水球（他スポーツ）やるってとこ、ないでしょう。

「普通、野球の試合は九回まであります。それが半分以下の四回になった理由は、きちんと把握しておくべきです。把握するには言語化するのが有効なんです」

「把握しとかなくてもいいんじゃないのかなあ」

おれは、おそるおそる口を挟んだ。後輩に遠慮して物申すのは如何なものかと己の気弱さを叱りはするが、長瀞のきっぱり具合があまりにきっぱりしているので、正直、気圧されていた。

情けないぞ、勇作。

「駄目です」

さっきより、さらにきっぱりとした返答があった。

「いいですか、四回を投げ切るためと九回を投げ切るためとでは、当然、投球内容が変わってきます。四回だと後半のために体力を温存する必要はなくなりますからね」

「はあ……なるほど」

納得しそうになっているぞ、勇作。

「ですから」

長瀞がこぶしでミットを叩いた。

バシッ。

乾いたいい音がする。ミットの音だ。ちょっと胸が震える。温泉の湯船に天井から滴《したた》った水滴が落ちる、チャッポンもすばらしい響きだが、バシッにも痺れるぜ。

「最初からがんがん飛ばします」

にやっと、長瀞が笑った。

おお何と不敵な笑みだ。かっこいい。

「ストレート主体でがんがんいきます。打たせてとるなんて考えません。ともかく、がんがん三振とっていきましょう。何なら12三振で、試合、終わらせてもいいですね」

おお何と不敵な発言だ。かっこいい。

長瀞、決まりだ。おまえの渾名は、〝がんがんくん〟だ。

「よし、いこうぜ」

おれもグラブを叩く。

バシッ。やはり、いい音がする。今はこの音だけに胸を震わせよう。マウンドにいる間は、チャッポンは封印だ。宝箱に仕舞って、鍵をかけておこう。

おれはマウンドに向かう。さっきまで妙鉱が立っていた場所だ。

ちらっと紅組のベンチを見やる。

妙鉱は地面にぺたりと座り込み、三角座りをしていた。一良が何か話しかけたが、微かに首を傾けただけだ。物を言うのも面倒臭いらしい。

なるほどね。妙鉱ってマウンドでのエネルギー消費量が大きいから、普段は極力省エネを心がけているんだ。

ちょっとわかった気がする。見当違いかもしれないけど。

まあいいやと、思った。思ったとたん、妙鉱のことも一良のことも、頭の中から消えた。

マウンドに立てば、おれは独りだ。独りで戦う。それは、仲間を信頼するとか、チームプレイとかとはまったく別レベルの話なんだ。おれはおれの後ろにいるさいとう高校野球部の面々を僅かも疑っていない。おれがきれいに打ち返されない限り、どんな打球も止めてくれると信じている。仲間を絶対的に信じられないとマウンドなんて怖くて立てない。それでもやはり、独りだと思う。誰かのことが気になったり、頼ったりしていてはピッチャーは務まらないのだ。

独りで立つ。独りで立てる。

それがピッチャーの条件のはずだ。

うわっ、おれ、かっこいい。長瀞に劣《おと》らぬかっこよさだ。

そうそう、ピッチャーはかっこよくないとね。他人じゃなくて自分に対して、かっこよくありたい。

「プレイ」

小林先生の右腕が真っ直ぐに上がる。

おれは突然に、甲子園のサイレンを思い出した。

試合開始を告げる、あの音だ。青空に突き刺さり、伸びていく音だった。うん、今日はおれの聴覚、かなり敏感になってるな。鼻もすっきり通っている。これは調子のいい証拠だ。

よし、やれるぞ、勇作。

紅組、一番バッターのご住職が軽く肩をゆすりながら、バッターボックスに入った。

ご住職は足が速い。チーム一の俊足だ。内野の深い所に転がれば、ぼてぼてのゴロでも足でヒットにしてしまう（ぼてぼてだから、ヒットになったとも言えるが）。味方ならば頼もしいけれど、敵に回すと厄介な相手だった。

長瀞がミットを構える。

当たり前だけど一良とは違う。サインは打ち合わせ通り、ストレート、しかもど真ん中だ。やるな、長瀞。じゃないぞ。ええっ、マジかよと、おれは叫びそうになった。

ええっ、マジかよ。ストレート・ど真ん中って、ホームランコースじゃないかよ。

そこに投げて大丈夫か。

首を振ろうとしたけれど（もちろん横に）、長瀞の構えは微動だにしなかった。

うーん、わかった。それなら、いくしかねえな。

おれは大きく振りかぶる。

だ。

湯河原《ゆがわら》、草津、定山渓。

ストレート用新バージョンだ。

指からボールを放つ。放たれたボールは真っ直ぐに走り、長瀞のミットに飛び込んだ。

あの乾いた音が響く。

うーん、おれ絶好調かも。思った通り、湯河原も草津も定山渓もストレート向きなのだ。

ご住職が軽く首を回した。足場を確かめ、バットを構える。

インコース、低め、ストレート。

長瀞のサインだ。ふむ、宣言通りストレートでがんがんいくつもりらしい。それなら、こっちもがんがん応えるだけだ。

湯河原、草津、定山渓。

ボール、いけ。そのまま、また、ミットに飛び込んでいけ。ミットはおまえを待っている。温泉がおれを待っているように、待っているぞ。飛び込め！

ご住職のバットが空を切る。

紅組のベンチで一良が立ち上がったのが見えた。

むふふ。やっぱり、おれ絶好調だ。肩が軽い、身体が軽い、心が軽い。財布も軽いが、それは今気にしないでおこう。もうすぐ、小遣いがもらえる。

三球目にやっと、長瀞は変化球を要求してきた。

カーブだ。外側に逃げるボールだった。自分で言うのも何なんだが、このところ、おれの変化球のコントロールの精度はかなり上がった。同時に安定感が増した。以前のように突然、崩れることがまったくなくなった……というのは些か盛ってる感があるが、めったに崩れなくなったのは事実だ。

傲慢《ごうまん》にはなりたくないし、慢心は戒《いまし》めなければならない。でも自信は必要だ。おれは打たれないと信じる力は要るだろう。

さあ、いくぞ。がんがんくんのミットに向けて、がんがんいっちゃうよ。長瀞、手が腫れたらごめんな。湿布《しっぷ》ぐらいはプレゼントするからな。小遣いをもらったらだけど。

三球目。サインは外側に逃げるボールか。なるほど、バッターの打ち気を削《そ》ごうって魂胆、じゃなくて作戦だな。〝ご住職がスピードに惑《まど》わされて振ってくれればよし、振らなければ次の球で三振だ〟作戦だ。ネーミングが長過ぎるが、まあいいや。

まあいいや、まあいいや。

今のおれなら何でもやれるぜ。細かいことは気にしなくて、まあいいやってもんだ。

ちりっ。視線を感じた。斜め四十五度、西南の方角からだ。

首を回す。一良と視線がぶつかった。

変な感じだ。おれがマウンドに立つとき、一良はいつもキャッチャーの場所にいた。だから、真っ直ぐ前のところで視線は絡み合う。それが、今は斜め四十五度、西南の方角にむけて首をまわさなければならない。まったくもって変な感じがする。こういうのを違和感と呼ぶのだろうか。違和感のせいか、慣れていないせいか首の後ろがきしきしと音をたてている。

勇作、調子に乗り過ぎてるぞ。

一良の視線が言う。

そうなんだよ、絶好調なんだ。いやあ、投げてみて改めて己の絶好調さを感じるね。このまま甲子園に乗り込みたい心境だぜ。

おれも視線で答える。ちょっと長いけれど、一良には通じるはずだ。この前なんか、練習が終わっての帰り、道すがら、

今日の練習はわりにきつかったな。（おれ）

だな。珍しくハードだった。（一良。以下、おれと一良交互に発言）

夏に向けてさいとう高校野球部も、ちょっとはハードな練習もしなくちゃ。ほんと、すぐに県大会が始まっちまうもんな。

そうだよな……。

うん、一良どうした。さっきから気になっていたけど、おまえ、今日一日、なんとなくしょぼくれてね？

わかるか、やっぱり。（一良ここで、ため息を吐く）

もろにわかるけど。どうしたんだ？（おれ、ここでペットボトルの水をがぶ飲み）

昨日から、フジの具合が悪くて……。（一良がっくり肩を落とす。おれ、ペットボトルの蓋《ふた》を固く締める。因みにフジは、山本家の飼い猫のうちの一匹。なかなか愛嬌《あいきょう》のある可愛い雌猫だ。猫大好き人間の一良が殊《こと》の外《ほか》可愛がっている愛猫でもある。なにしろ、スマホの待ち受け画面、フジのドアップだからね）

そりゃあ、大変だ。病気か？

うん。食欲無くて水しか飲まないんだ。

病院に連れて行ったのか。

もちろん行ったさ。そしたら……手術することになって……。フジがかわいそうで、かわいそうで……。

泣くなよ。おまえがしっかりしなきゃ、フジが動揺するだろう。一番苦しいのはフジなんだから、支えてやらなくちゃ。

そうだな。ぐすっ（洟をすする音）。勇作、励ましてくれてありがとう。恩に着る。ぐすっ、ぐすっ。

泣くなって。長い付き合いだろうが。おれにできることなら、何でもするぞ。猫缶の安売りデーに『スーパー七つ星』まで行ってやるぞ。遠慮なく言えよな。

ありがとう。優しいな、おまえ。おれ、今、人の優しさにすごく弱くて……ぐすっ、ぐすっ。

と、これだけの会話を全てアイコンタクトだけですませた。

その日通りの反対から、おれたちの様子を偶然目撃していたという梅乃が、一言。

「お兄ちゃんたちキモイ」

さらに続けて、

「見てたらさ。黙って何度も目を合わせて、鼻をぐすぐす言わせたり、ため息吐いたり、背中をとんとんしたり……何よ、あれ。周りの人たちドン引きだったよ。ドン引き。妹として恥ずかしいったらありゃしない」

と、口元と目元を同時に歪《ゆが》める。こっちがドン引きしたくなる顔つきだ。普段、わりに可愛いだけに、悪相とのギャップが際立つ。

「アイコンタクトだよ、アイコンタクト。目と目で会話してんじゃないか。どこがキモイんだ」

「会話は口ですればいいでしょ。二人ともしゃべれるんだから」

言われてみれば、その通りだ。

おれなら、町中でやたら目をぱちぱちしている二人組を見たら、ああ、アイコンタクト取ってるんだなとわかるけれど、たいていは、「二人して目にゴミが入ったのかな」とか「なにやってんだ？」とかの反応の方が一般的かもしれない。

「もう、ほんと気を付けてね。お兄ちゃんはともかく、いっちゃんまで変な目で見られたらかわいそうでしょ」

は？　ちょっと待て。それどういう意味だ。

弾みで梅乃にもアイコンタクトをしたが、むろん、通用するわけもなく、梅乃は口を尖らせたままリビングを出て行った。

ちぇっ、何だよ。なんで一良だけがかわいそうなんだよ。梅乃のやつ、贔屓《ひいき》し過ぎだ。贔屓し過ぎ。ふん、おもしろくねえ。

窓ガラスに映った自分と目で会話する。

まあ、梅乃のことはほっておいて、ことほどさように一良とおれのアイコンタクト歴は長い。かつ、日々多用している（梅乃に釘を刺されてから、少し控えている。余談だが、フジの手術は無事成功して、今は元通りの健康体にもどっているらしい。よかった、よかった）。その一良から……。

アホ。

のメッセージが届く。

今まで、どんだけ調子に乗って大コケしたか思い出してみろ。あんなこと、こんなことあ〜ったでしょう♪

あんなこと、こんなことは確かにあった。それは認める。絶好調のときほど、冷静にならなければならない。マウンドの鉄則だ。しかし、この絶好調さ、今までのものとは質が違う。

質が違うんだよ。

このボケ。目を覚ませ、目を。痛い目に遭わんとわからんのかい。

一良の柄が俄かに悪くなる。古いヤクザ映画でも見たのだろうか。

嫌だね、柄の悪い人、嫌い。

おれは前を向く。長瀞のサインを確認する。そうだ、おれが目を向けなければならないのは。斜め四十五度、西南の方向ではなく、十八・四四メートル先のミットとサインだった。

外角へのカーブだな、よし。

湯河原、草津、定山渓っと。

投げた瞬間、ほんの僅か指がひっかかった。ほんとうに僅かの僅かだ。そのひっかかりがコントロールを狂《くる》わす。ボールが長瀞の要求したコースよりちょっとだけインに寄ってきた。

ご住職のバットが横になる。身体が沈む。

金属バットにボールがぶつかった。グラウンドの土の上を白いボールが転がる。

バントだ。

ご住職がバットを投げ捨てて、走る。長瀞がマスクを取って、前に飛びだす。ボールを摑み、一塁に送球。ボールが大きく逸れた。

ファーストの池田さんが必死に伸びあがり、ファーストミットを差し出す。その先に辛うじて、ボールがひっかかった。しかし、

「セーフ」

ご住職は一塁ベースの上を走り抜けていた。さすがの足だ。おれだったら、いやご住職以外のだれでも微妙なタイミングながら、「アウト」と宣言されていただろう。大したもんだ。一番打者にうってつけの男だ。ぱちぱちぱち。なんて拍手をしている場合じゃない。

塁に出しちゃったよ。しかも、〝韋駄天《いだてん》走りの坊主〟、〝さいとう高校のチーター〟と謳《うた》われるご住職を、だ。一番出しちゃいけないランナーなのに。やっちまったじゃないか。くそっ。

これも、まったくの余談ですが、ご住職こと小川哲也の渾名が〝韋駄天走り〟とか〝チーター〟に変わることはない。ご住職はご住職以外にありえないのだ。ほんと、ありがたいオーラが滲み出てるからね。はい、合掌。

長瀞がマウンドに走り寄ってくる。頬が土で汚れていた。送球したとき、バランスを崩して転んだらしい。

「すみません」

目を伏せ、頭を下げる。

「おれの送球が外れなかったら、完全にアウトだったのに」

そうだろうか。打球は完全に勢いを殺されて、ぼてぼて転がった。それに加えて、ご住職の足だ。送球のコースに関係なくセーフだった気がする。微妙ではあるが。

「長瀞」

「はい」

「約束通り、十二人で終わらせようぜ」

おれは親指を立てて、片目をつぶってみせた。本当は変顔《へんがお》をして、しょげている長瀞を笑わせたかったのだが、マウンドで変顔はさすがに無理です、できません。

「ダブルプレーですね」

「そうさ、変化球をバットの先っぽでひっかけてもらう」

「はい」

長瀞は口元を引き締め、大きく頷いた。

「先輩、ありがとうございます」

感謝の言葉を残し、ポジションに戻る。おれは、背番号のついていない背中を見詰め、ちょっと感動していた。

ああ、何て素直なんだ。それに「先輩」だって。ああ、いいなあ。マジで最高。上質の硫黄泉のようなやつだ。硫黄泉は素直って感じじゃないけどね。肌に染み込んでくる感覚がちょっと曲者《くせもの》っぽいんだな。そのときの体調や精神状態、季節によっても染み方が変わってくる。複雑な入り心地がする。そうだなあ、素直じゃないよな。その御《ぎょ》し難《がた》いところが、おれ、好きなんだ。素直な温泉もいいよ。いつでも、どこでもさっぱりってやつも嫌いじゃない。温泉を嫌いになんかなれない。温泉なら、猿（ニホンザル）とでもカピバラ（ネズミ目カピバラ科の哺乳《ほにゅう》類）とでもヌートリア（ネズミ目ヌートリア科の哺乳類、うちの近所の川にも生息）とでも混浴する。でも、できれば素直じゃない硫黄泉に一人で浸かりたいものだ。

ちりっ。斜め四十五度、西南方向。

こら、マウンドで硫黄泉混浴のことなんて考えんな、ボケッ。

ぎぐっ、こ、混浴のことなんか考えてない。硫黄泉は……だけど。

マウンド、試合中、わかってんな。集中しろ、集中。

わかってるよ。うるせえな。

気合を入れろ、気合を。しかし、力むな。おまえの絶好調と絶不調は隣り合わせのこんこんちきだ。醬油煎餅《せんべい》の後ろに海鼠《なまこ》がくっついているようなもんだぞ。

わけのわからん譬えをするな。

と、またまた旧バッテリーのアイコンタクト。おれは軽く頭を振り、二番バッターに向かい合う。〝アイアイ〟こと河合晃だ、アイアイってのは、苗字の河合（かわあい）からきているのだろう。小学校のときから、ずっと〝アイアイ〟と呼ばれてきたとか。マダガスカル島のアイアイは可愛い顔をした猿だが、さいとう高校のアイアイも可愛い。目がくりんとして、くせ毛だ。一良ほどじゃないけれど童顔だ（つらつら考えてみるに、うちのチーム、一良、鈴ちゃんを筆頭に童顔が多い。童顔度が高い野球チームってどうなんだろう。前キャプテンの井上さんのおっさん顔は貴重だったんだな）。

しかし、さいとう高校のアイアイは可愛いだけじゃない（マダガスカル島のアイアイも可愛いだけじゃないだろうが、いかんせん、野生のアイアイに会ったことがないもんで）。なかなかに厄介な相手だ。ご住職ほどじゃないけれど足は速い。長打力には欠けるがミートは抜群に上手い。それにアイアイの物真似ができる。この物真似芸で、町内のかくし芸大会の優勝を三年間続けて手にした経歴があると伝え聞いた。本人は何を恥じてか、決して口にしないが。

長瀞からサインが出る。

げげっと声を上げそうになった。

シンカーかよ。それを要求するかよ。

そうなんです。おれ、シンカー投げられるんです。もちろん、甲子園でも投げさせていただきました（甲子園、ありがとう）。

でもカーブに比べると、まだ精度は低い。たまに（十球中三球ぐらい）棒球になっちゃうんだよな。シンカーなのに沈まない。ストレートじゃないのに真っ直ぐいっちゃう。

うーん、ここでシンカーか。

長瀞、長瀞、ここはカーブにしようぜ。とアイコンタクトを送ったが反応なし。仕方ないので首を振る（今度は、横に）。

長瀞が口をもぞりと動かした。

インコースのカーブにサインが変わる。

よし、これでいこう。

おれはちらりと一塁を見やる。ご住職、かなりのリードをとっている。走る気満々だ。セットポジションからおれは一球を放った。アイアイのバットが回った。空振りだ。

ご住職が走る。長瀞がセカンドに送球した。

タッチ、セーフ。

ご住職は悠々とセカンドに到達し、泥に汚れたユニフォームを叩《はた》いている。長瀞が立ち上がって、額の汗を拭いた。まだ一回の裏なのにびっしょり汗をかいている。

うわっ、大丈夫かな。きっとショックなんだろうな。こんな風に、軽く盗塁された経験ないんだろうな。アイアイの空振りは目隠しの意味もあった。一瞬、長瀞の動きが遅れたのだ。

長瀞、意地悪な先輩たちに負けるな。ここが踏ん張りどころだぞ。早く座れ。そんながっかりした顔、見せんな。味方の士気が下がるし、敵を調子づかせるぞ。

よし、次は渾身《こんしん》のストレートでいこう。

最初の約束通り、ばったばったと三振とっていこうぜ。

しかし、長瀞のサインはシンカーだった。アイコンタクト、全然だめです。

おれのシンカーによほど信頼を寄せているのか、後輩。

束の間考え、おれは首を振った（縦に）。

こうなりゃ、とことん付き合ってやるぜ。

おれはマウンドの土を均《なら》す。さっきまでの絶好調感はもうない。マウンドがちょっと怖い。底無しの湯船に浸かったときみたいだ。実際、浸かったことはないけど。

うー、がんばんべえ。

いくぞ、長瀞。

長瀞のミットがちょこっと動いた。迷いか、動揺か、ただ鼻先が痒いけど掻けなかっただけなのか。

ともかく、投げる。ピッチャーにはそれしかない。

それしかないが、かなりのピンチちゃあピンチだ。

ノーアウト二塁。しかも、ランナーは〝韋駄天走りの坊主〟との異名を誇るご住職ではないか。ご住職ってのも渾名だけどね。

チーム一の俊足が二塁にいて、ミートは抜群に上手いアイアイがバッターだ。内野を抜ければ、当然、ご住職はホームベース上を余裕で駆け抜ける。駆け抜けた後、読経《どきょう》するぐらいの余裕さえかましちゃうかもしれない。内野ゴロでも転がり所によっては、足でセーフ、一点もぎとってしまう可能性は大きい。あな恐ろしや、恐ろしや。

さらに、しかも、この後が三番の一良、四番の早雲と続く。二人とも、まっことのアホだが長打力は半端ない。この二人のアホなエピソードについては尽きるところがない。汲《く》めども尽きぬ万年井戸だ。その一、おれたちが中一の夏のことだった。雲が低く垂れこめ、雷が遠く聞こえる夜。早雲は狸《たぬき》に化かされた。この二十一世紀の世に狸に化かされる？　と首を傾げる向きも大勢おりましょう。しかし、二十一世紀、しかも現役中学生（当時）でありながら狸に化かされるのが早雲のアホたる所以《ゆえん》であります。さらに、そこに化け猫騒動に巻き込まれた一良が加わり、事は紛糾《ふんきゅう》と謎の度合いを深めていくのでありますが……。

はい、わかってます。横道逸れてるのわかってます。

勇作、軌道修正！　スイッチ、オン。

アイアイに向かって、おれは一球を放る。

アイアイのバットが回った。

鋭い音がした。

キンッと耳に突き刺さってくる音だ。ジャストミートしたときと凡打のときと、金属バットの音は木製の物ほど違いがはっきりしない。それでも、やはりきれいに打ち返されたときは、きれいな音がする。反対に音が濁っていれば、打ちそこなった割合が高い。一概には言えないけど。

アイアイのバットは鋭いきれいな音をたてた。

三遊間に打球が真っ直ぐに飛んでいく。

やられた！

ご住職はすでに、二、三塁間の真ん中あたりまで走り出ていた。

ううっ、これは余裕こいて読経のパターンか。

と唇を噛みしめた瞬間、サードのデコチンこと森田先輩が跳んだ。そして、ナイスキャッチ！　着地してすぐに、セカンドに投げる。「セカン！」という声がそれこそ、鋭く響いた。

セカンドのコンガリくんこと杉山キャプテンがボールを受け取る。飛び出していたご住職が慌てて戻ったけれど、間に合わなかった。

アウト。

サードライナー、ダブルプレー。

「よっしゃあ」

思わず叫んでいた。

「森田さん、最高っす」

「あいよ。任せて、任せて」

森田さんはこぶしで胸を二度叩き、親指を立てる。そのポーズがさまになってい
る。

「森田さん、むちゃくちゃかっこいいです。おれが女ならカンペキ、惚れてました」

「マジか。おまえが女でなくて残念だ。かわりにだれか、カノジョを紹介してくれ」

「したいのはやまやまですが、おれにもカノジョいないんで」

「役に立たんやつだ」

「すんません」

「こらこら、調子にのるな」

おれと森田さんの会話に杉山さんが割って入る。

「まだツーアウトだぞ。次は山本だ。気を抜くな」

そうだ、次は一良だった。

一良はバッターボックスの手前で、豪快な素振りを見せている。

うわぁ。わざとらしいぜ。

「おれのスイングの音を聞け」的なパフォーマンスしちゃって。うわっ、恥ずかし
い。かっこつけ過ぎ。

一良がちらりとこちらを見た。

なんだよ。何か文句あっか。

べつにぃ。ないけどぉ。そんなにかっこつけなくてもねえ。

かっこなんかつけてねえよ。これは、おれの投資の損失を、じゃなくて闘志の表れじゃねえか。ふふっ、ビビったか、勇作。

何でおれが、おまえ如きにビビらなきゃならないんだ。五十字以内で説明してみろ。

簡単。打たれちゃいそうだから。

アホか、おまえは有史以来のアホだぞ。

と、これだけのやりとりを眼だけで交わしていたとき、一良の背後で早雲が声を上げた。

「一良、必ずおれまで回せ」

おれと一良は同時に早雲を見る。

早雲はネクストバッターズサークルで片膝をついていた。バットを肩にもたせかけ、上げた膝に手をかけている。

おれは思わずのけぞり、一良に視線を戻した。

うわっ、何だよ、あの決めポーズは。

ううっ、味方ながら恥ずかし過ぎる。

だよなあ、「どうだ、おれイケてるだろう」的な勘違いオーラがだだ漏れだぞ。やばくねえか。

やばいけど、ほっとけ。赤の他人、赤の他人。

あいつこそ、人類誕生以来のアホだな。

まったく、まったく。


パチン。

目の前で手が打ち合わされた。

「うわっ、長瀞、何事だ」

「いえ、こっちの世界に帰ってきてもらいたくて」

「いや、あっちの世界、行ってないから」

単なるアイコンタクトだからと続けようとしてやめた。幼馴染パワーによるこの限りなくテレパシーに近いやりとりについて説明するのは面倒だし、必要もないだろう。

「そうですか。なら、よかったです」

長瀞はほっと息を吐き出し、右腕のアンダーシャツの袖を引っ張った。長さが違うのが気になったらしい。袖の長さを揃え、長瀞はもう一度、息を吐いた。

「長瀞」

「はい」

「次のバッターにはストレートだけで勝負するぞ」

長瀞が瞬きする。

「山本さんに、ストレート勝負ですか」

「そうだ。正直、今日のおれの変化球はへなちょこだ。一良に通用するとは思えない」

「……でも、山本さん強打者ですよ」

「だから、ストレートなんだ。変化球はへなちょこでも、ストレートは一良を打ち取るだけの威力がある。正真正銘、混じりけなしの硫黄泉ぐらいの威力だ」

「は？　い、硫黄泉ですか」

長瀞の瞬きが激しくなる。

「す、すみません、先輩。正真正銘、混じりけなしの硫黄泉の威力とストレートの関係性が理解できていません。この試合が終わったら、勉強します。ご指導ください」

頭を下げられて、慌てる。

「いや、そんなに真面目に取り組んでくれなくていいっす。単なる譬えだから」

「しかし、先輩の言葉が理解できなくてはキャッチャーは務まらないです」

務まるって。一良なんか、おれの要求とか文句なんて完全無視だからな。フジだと「にゃご」と鳴いても「おお、そうか。うんうん、そうなんだな」と抱き上げて相槌うったりするくせにな。別に、一良に抱き上げてもらいたいわけじゃないけど。

どうも、長瀞は真面目過ぎて几帳面《きちょうめん》過ぎるなあ。

やっていけるかな。

ちらっと思いが過った。

ほんとに、ちらっと。

でも、こんなぎくしゃく感抱えて大丈夫か？　バッテリーとしてやっていけるか？

そこまで考えて、おれは長瀞にものすごく申し訳ない気分になった。それから、自分がものすごく恥ずかしくなった。

おれは打たれた。

ご住職にもアイアイにも打たれた。アイアイの打球だって三塁が名手の森田さんでなかったら、外野に抜けていただろう。完全なヒットになって、ご住職はゆうゆう生還していたはずだ。

そう、おれは打たれたんだ。その責任を何気に長瀞に転嫁《てんか》しようとしている。つまり、一年生キャッチャーが未熟で、バッテリー間がどうもぎくしゃくして、それで思うようなピッチングができなくて、と。誰でもない自分自身に言い訳していたんだ。

これは、申し訳ない。

あまりに恥ずかしい。

「へなちょこじゃないと思います」

長瀞が言った。

「山田先輩の変化球、へなちょこじゃありません」

おれは、息を呑み込んだ。息を呑み込みながら返事をしようとしたから「そうか」と言うつもりが、「うっぷっぺ」みたいな意味不明な音を出しただけに終わった。

「ただ、先輩のピッチングは一、二回投げたころから調子が上がるんです。おれ……

がんがんいきましょうなんて言っときながら、いざとなったら怖くなって……」

「ああ、つまり、おれの調子がイマイチなのに、がんがんいけるのかって不安になったわけだ」

「そうです。あの妙鉱もそうなんです。さっき監督も言われたとおり、最初は多少もたつきながらも徐々に調子を上げて三回ぐらいまでにカンペキな調子になるというのが理想のピッチングスタイルで……。でも、おれ、妙鉱ほど先輩のピッチングを知ってるわけじゃないって気が付いて、そしたら……ちょっと怖くなって……。それで、つい変化球を要求しちゃいました。あの、本当は最初の一球、ストレートの威力、すげえって思ったんです。これだって思ったのに、どうしてだかそれを押し通せなくて」

「なるほど、おれもおまえも、気持ち的に逃げてたわけか。それじゃ、打たれて当たり前だな」

長瀞が顔を上げる。

「でも、ここからはマジでがんがんいきます。怖がってたらやられちゃうんですね。それが高校野球なんですね。さいとう高校の野球なんですね。ビビった者を容赦しない。まさに弱肉強食の世界なんだ。よく、わかりました」

いや、ちょっと待て。うちはどう考えても弱肉強食って雰囲気じゃないよな。ていうか、弱肉強食の野球部って、そうそうないんじゃないか。油断していたのでいきなり食われちゃいましたって、ありえないから。長瀞、理解の方向がずれてるぞ。

「がんがんいって、山本さん、打ち取りましょう。先輩なら、絶対負けません」

長瀞の眸《ひとみ》がぴかぴかしている。

純というか、闘志溢れるというか、ぴかぴかきらきらちーかちかだ。それに「先輩なら、絶対負けません」だって。ううっ、なんちゅう胸キュンキュン台詞じゃ。長瀞、おまえ、けっこう人たらしなんだな。

キュンキュン。

長瀞がキャッチャーの位置に戻る。大きく深呼吸を一つして、座る。それを待っていたかのように、一良がゆっくりとバッターボックスに入った。

ミットが構えられる。サインが出る。

おれは頷き、振りかぶる。

湯河原、草津、定山渓。

バットが回る。ボールは長瀞のミットに飛び込み、小気味いい声を上げた。

うん、そうだった、そうだった。

湯河原、草津、定山渓。は、ストレート向きなのだ。ちゃんとわかっていたはずなのに、このリズムで変化球を投げてしまった。おれ、やっぱり調子に乗ってたんだな。調子に乗って、自分のリズムを忘れてたなんて、調子っぱずれもいいとこだ。

勇作、反省します。

反省したところでもう一球、いきます。

長瀞のサインは内角低めストレートだった。がんがんいく気だな、長瀞。よっしゃ、このまま突っ走るぜ。

湯河原、草津、定山渓。

ガキッイン。

鈍い音がして、打球がファウルグラウンドに転がった。

むふふ。振り遅れてんじゃない、山本くん。

アホか。タイミングを徐々に合わせてんじゃないかよ。

またまた、そんな負け惜しみを。むふふ、早雲には悪いけど。

悪いけど、何だよ。

この回は、これでおしまい。

湯河原、草津、定山渓。

もう一球、渾身のストレートを放る。

遊び球は無しだぞ、一良。

打撃音がした。ボールが高く上がる。

ライトのアンちゃんこと安藤さんがほぼ定位置で構える。

突然、一陣の強風が吹き、ボールは安藤さんの頭を越えて、外野に転がる。なんてあっと驚く展開にもならず、きっちりグラブに納まった。

一良が、立ち上がった長瀞に何か囁いた。長瀞がマスクを取って、小さく笑った。

一良は、マウンドを降りかけたおれに視線を移し、眉を顰めた。


勇作、いい気になるなよ。

へへん、おまえを打ち取ったぐらいでいい気になんかなれません。

ほら、そーいうとこがいい気になってんだ。二回は早雲から始まるんだからな。何にも考えていないようで何にも考えていない男だけど、バッターとしては怖いぞ。わかってんな。

わかってるよ。

ほんとか。

わかってるって。早雲が何にも考えていないようで何にも考えていないってのも、バッターとして怖いのもわかってる。

そうか。なら、いいけどな。

うーん、おれたちのアイコンタクト能力、日増しにその精度を上げているようだ。この分なら、そのうち、スマホなんていらなくなっちゃうね。それは幸せなのか不幸なのか、はたまた、どうでもいいことなのか。明らかに、どうでもいいことだよな。

「一良に何か言われたか」

ベンチに戻ってきた長瀞に尋ねる。

「まさか、借金の申し込みじゃないだろうな」

「違います」

「じゃ、プロポーズか」

「えっ、そ、そんな。違います」

長瀞の頬がみるみる紅潮していく。

「まさか、あんな場所で突然のプロポーズなんて、そんなありえないじゃないですか。違います。誤解です」

長瀞、冗談だから。真面目に照れなくていいから。それに、場所の問題じゃないぞ。やっぱり、どっかずれてるなあ。まあ、おもしろいっちゃあおもしろいキャラだけど。

「で、一良は何て言ったんだ」

今度はいたって真面目な口調で問うてみた。

「そ、それは……内緒です」

長瀞はもじもじしながら、下を向いた。頰の赤みがさらに増す。

え？　マジ照れか。プロポーズ云々抜きで照れてんのか。

「こら、先輩の質問だぞ。ちゃんと、答えろ」

先輩風を吹かせてみる。恥ずかしい。おれまで赤面しそうだ。

長瀞が呟いた。よく聞こえない。

「あの……ナイスリードって……」

「え？　何だって」

「『ナイスリード。それでいいぞ』って、山本先輩が褒めてくれたんです。あの、素直に嬉しかったです」

そうだよな。おまえは、素直で真面目で几帳面だもんな。

「それと『●●●●は●●●のくせに、急に●●●●●●性質なもんで、強気のリードの方が本来の力を発揮できる。よく気が付いたな。えらいぞ』とも褒めてもらいました」

「ちょっと待て。何だ、そのやたら目立つ●伏字は」

「おれの口からは、とても言えません。因みに●一つは平仮名一個分に相当します」
●一つが平仮名一つか……。
「『ゆうさくはへたれのくせに、急にひらきなおる性質なもんで、強気のリードの方が本来の力を発揮できる。よく気が付いたな。えらいぞ』か」

「ひえっ。どうしてわかるんですか」

長瀞が目を剝く。驚き方まで素直だ。

「まあ、長い付き合いだからな。わかりたくなくてもわかっちゃうんだよな。ちえっ、一良のやつ、へたれって言いやがったな」

「あ、でも、山本さんの『へたれ』には愛情がこもってました。馬鹿にしたり詰《なじ》ったりする調子じゃなくて、優しく響きました。カノジョの名前を呼ぶみたいな感じです」

へたれって名前のカノジョ、嫌じゃね？　と尋ねたかったけど、長瀞が素直に真面目に一生懸命なので余計な口を挟むのはやめた。

「よっしゃあ、ますます絶好調だぜぃ」

妙鉱がマウンド上で吼えている。

「あいつはへたれそうにないな」

「そうですね。まだ二回なので……あれ？」

「どうした」

「今、バッターボックスにいる先輩って……すみません、名前が思い出せなくて……えっと……」

「ああ、あの人は……」

えっと誰だったかな。うーん、この感動的なまでの存在の薄さといえば……。

「前田さんだ」

「あっ、そうです。前田先輩です。おれ、入部前に先輩方の顔と名前は全て暗記してきたはずなのに、なぜ、抜け落ちてたんだろう。記憶力には自信があったのに」

「そこが前田さんの偉大なとこだ。どれほどの記憶力をもってしても記憶できないのさ。ふふ」

おれは殺人兵器を売り込む死の商人の如く、不気味な笑いを浮かべた（死の商人に笑いかけられたことは一度もない。泣きつかれたことも、愚痴《ぐち》を聞かされたことも、恋愛相談を受けたこともない）。

「そうなんですか。記憶に残らないなんて、さすがにさいとう高校野球部、すごいですね」

どうすごいのか長瀞は語らぬまま、素直に真面目に感嘆《かんたん》している。

と、そのとき、いい音がこだました。バットがボールを捉えた音だ。打球がセンターの三木の前に転がる。さすがに、今度はファインプレイとはいかなかった。

「うおっ、やった。ジャストミート」

「きれいに打ち返したな。さすが……さすが……あれ、今、打ったの誰だったたっけ？」

「馬鹿野郎。チームメイトを忘れるなんて恥ずいぞ。あれは……あ、あれ、えっと誰だったっけ。おいリョウドウ、あのバッター誰だったたっけ？」

「マジで聞いてんのか。●●●を忘れるなんて、薄情なやつらだ」

「おまえだって伏字になってるじゃねえかよ。因みに、●一つが平仮名一つに相当するんだな。えっと、えっと」

「前田くんだよ」

「誰だったっけ？」の飛び交う会話の中に、遠慮がちに鈴ちゃんが割り込んできた。

そうです、前田さんです。新入生勧誘問題でおれと一緒に落ち込んでいた前田さんです。前田さんは一塁ベースを回ったところで止まる。

「前田さーん、ナイスバッティング」

おれが声を張り上げると、満面の笑みで手を振ってきた。硫黄泉の露天風呂を目にした瞬間のおれみたいだ。名前を呼ばれたのがよっぽど嬉しかったんだろうな。

「妙鉱くん、打たれちゃったねえ」

鈴ちゃんが長瀞の横に立つ。長瀞はマウンドに視線を向けたまま、ほんの少しだけ目を細めた。

「はい……」

「前田くん〝見る人〟だからねえ」

「〝見る人〟ですか？」

「そう、じっくり相手ピッチャーを見て、分析できる人なんだ。山本くんのリード、カーブとストレートを上手く組み合わせてるけど、カーブはやや甘くなりがちだよね。そこをちゃんと、見てたんだよ、前田くんは」

おれは思わず鈴ちゃんを見詰めた。

「でも、一良はストレートを要求したはずです。カーブが甘くなるって誰より早くわかっていたはずですから」

「そう。山本くんはストレートのサインを出した。でも、妙鉱くんは首を横に振ったんだ。あれ、マウンド、見てなかった？」

「あ、すみません。伏字当てに夢中になってて……」

「伏字当てって、●●●●●が●●●●●●なので●●●●●だったみたいなやつ？因みに●一つが平仮名一つに相当するんだけど」

監督、それ難解過ぎます。おれらの手に負えません。

「おっ、森田くん、送ったよ」

鈴ちゃんが嬉し気な声を上げる。

森田さんが一塁側にきれいに転がしたのだ。●●●さん……違う、前田さん、前田さんはゆうゆうと二塁に達した。

一良がマウンドに駆け寄る。駆けるといっても、並足だ。速くも遅くもない足取りは、「だいじょうぶ、だいじょうぶ。まだ余裕あるから、ビビらなくていいぞ」と励ましてくれているようで、何かほっとできた覚えがある。

妙鉱はどうだろうかなあ。

バッテリーの打ち合わせが終わって、一良が所定の場所に戻る。バッターはノボちゃんこと池田先輩だ。山登り好きな一家（あくまで、おれの独断）の息子らしく、いかにも硬派という面構《つらがま》えだ。つまりよく言えば精悍《せいかん》、悪く言えば強面って感じのいかつい下駄《げた》顔だ。二十一世紀には珍しいしっかりえらの張った江戸顔（童顔多数のさい高野球部の中にあって、早雲と並んで貴重な存在だ）なんだって。

池田さんはバットを短く持って構えた。

一球目は外に大きく外れる。

「山田、次だぞ」

杉山さんに背中を押される。

そうだ、次だ。そして、おれの次は九番の長瀞になる。

相手の球を受け続けて熟知していることとバッターとして対峙し、打ち勝てることは繋がるんだろうか。

ちらっと思った。

長瀞がおれを見て、こくっと一つ首を振る。

「先輩は山本さんに投げ勝ちました。だから、おれも妙鉱に打ち勝ちます。負けません。先輩みたいに、本気で勝ちにいきます」

長瀞は素直に真面目に言い放った。

いやぁ、そんなに熱く言われちゃうと、照れます。まあ、確かにホンキ勝負でおれが勝ったのは事実だけどね。かはははははは。一良、打ち取っちゃったよ。かはははったら、がははははは。

と心の内で高笑いしてたら、一良がマスクを投げ捨てて、すごい勢いでこっちに走ってきた。

こ、怖い。

慌てて横に飛び退《との》いたおれの二メートル十五センチ（細かくてごめんなさい）ほど前で、一良はボールをキャッチした。

ファウルフライだ。

去り際におれをチラ見して、一良がふんと鼻を鳴らす。

だから調子こくなって言ってるだろう。気を引き締めろ。気を。

おれも鼻を鳴らす。

へん、大きなお世話に小さなお節介だよん。調子こいてませんから。いたって冷静でえす。フンフン。

ほらやっぱり調子こいてるって。フフンフン。

アイコンタクトのみならず、鼻息コンタクトまでできるおれたちって、さらに進化している。ポ●モ●みたいだぜ。

「すまん。ストレートに食い込まれた。山田、頼むぞ」

池田さんがおれの肩を軽く叩く。

「任せてください」

おれはバットを握り、軽く振った。

打つのは投げるほど得意じゃない。でも、甲子園でホームランを打ったんだよな。自慢じゃないよ、自慢じゃないけどホームラン打ったんだ。しかもツーラン。ちょっとすごくね？

「ホームラン、打たれたよな」

ぼそっと一良が呟く。こいつの声ってどうして、呟きでもささやきでもくっきりと耳に届いてくるんだろう。

「春の甲子園。一回戦、山戸《やまと》学園との試合。一番バッターに一発、かまされたことあったよな」

「それがどうしたよ」

「べつにぃ。ホームラン打ったことより、打たれたこと思い出してもらいたいなあって思っただけですけど」

「へえ、なるほどね」

おれは、軽く首を動かした。ついでに肩をぐるっと回す。

「陽動《ようどう》作戦ってわけかぁ。打者を動揺させる必要があるほど、ピッチャーの調子が悪いんだ」

「アホこけ。妙鉱は絶好調さ。おまえに、若い者の渾身のストレートを味わわせてやるぜ」

若い者って、一つしか年違わねーし。

いやいや、年齢なんてどうでもいい。今のはひっかけか？　ストレートと宣言して変化球きましたってケースか。それとも、ストレートと宣言したのにそっちさんが勝手に変化球と考え過ぎたんでしょ。こっちは素直に投げましたでとストレートのくるケースか。さて、どっちだ？

マウンドの妙鉱を見る。

気迫は衰えていないみたいだ。でれっとした面倒臭がりの風情は、微塵《みじん》もない。いつのまにか、バックネット裏の観客の数が増えている。しかも、女子生徒の比率がかなり高い。たぶん、妙鉱目当てなんだろう。目を引く美少年がマウンドに立ってるんだから、そりゃまあ見たくもなるわな。そうか、さっき、早雲がやたらかっこつけてたのは、このせいか。

妙鉱がセットポジションから投げてくる。

ストレートだ。

なるほど、裏の裏をかいてきたわけね、一良さんは。

草津、鬼怒川《きぬがわ》、玉造《たまつくり》。

これが甲子園でホームランを打ったときのリズムだった。ちなみに、ピッチング同様に草津が入っているのは、草津がそれだけストレート向きだということだ。まったく余談だが、群馬県白根山《しらねさん》の東麓草津町にある草津温泉はあまりにも有名だ。強酸性のため時間湯という特殊な入浴方法が今に至るも残っている。標高千二百メートルの高地にあり、明治中期ごろまでは冬季、住人は麓の集落に移り住んだそうだ。これを

『冬住み』と称する。

この草津とストレートの関係性について語っていると長くなるので、はしょります。

手応《てごた》えがあった。

気持ちいい手応えだ。すこんと身体の中を抜けていくような感覚だった。

ボールが飛んでいく。

ポポちゃんの頭上を越えて、テニスコートのフェンスに当たった。

うわあ、ホームランだ。またまたツーランだ。おれ、バッターとしてもそこそこイケるかも。

妙鉱がぽかんと口を開けていた。さすが美少年で、ぽかんと口を開けても美少年だ。

ネット裏から悲鳴とブーイングが起きる。

「ひどい、妙鉱くんがかわいそう」

「何で打ったりするのよ」

「五志くーん、泣かないで」

「バッターのバッカー」

これは理不尽だ。あまりに理不尽だ。足元ががらがらと崩れていく感じがする。

おれ、けっこうモテ男だったのに。「きゃー、勇作くん、すてき」なんて言われた過去もあったのに。美少年とまではいかなくても、そこそこイケてると自負していたのに……。

「気の毒にな」

一塁を回るとき、早雲がぼそっと呟いた。

早雲はモテない男、実年齢とカノジョいない歴が重なる男の悲哀《ひあい》を漂わせていた。思わず抱き付きそうになる。

その衝動をぐっと抑えて、ダイヤモンドを一周する。

「やーん、妙鉱くん、落ち込まないで」

「落ち込んでもステキ」

「がんばってー」

「五志くんの球を打つなんて、バッカじゃないの」

女子生徒たちの悲鳴と非難が入り混じったむちゃくちゃな罵声《ばせい》やら声援（?）を浴びながら、おれは項垂れてベンチに戻った。長瀞が何か言ったが、聞こえなかった。下手な慰めなら、むしろ聞きたくない。後で早雲と抱き合って泣こう。青春時代なんて、理不尽と不条理ばかりだ。

「見事なバッティングでした。さすがさすが」

鈴ちゃんが褒めてくれる。

ちょこっとだけ気が軽くなった。

「さてさて、ここからが楽しみだなあ。山本くんどんなリードするんだろう。なにしろ、長瀞くんは妙鉱くんのピッチングを知り尽くしているわけだからねえ」

鈴ちゃんはにこにこしている。もっとも、鈴ちゃんはたいてい、にこにこしている。曇った顔とかあんまり見たことない。

「山田、肩慣らしにいこうか」

前田さんが声を掛けてくれる。うおっ、おれ、前田さんのこと一発でわかっちゃった。心が弱っているときって、人を求めるんだろうか。おれは、前田さんにも抱き付きたくなった。

「長瀞くーん、打ってえっ」

「がんばってえ」

驚いたことに、長瀞にも声援が飛んでいる。ド太い男のじゃなくて、高くても柔らかい女子生徒の声はやっぱり、いい。「がんばってえ」と言われると、よれよれになってもがんばれる気がする。

ううっ、今年の一年バッテリー、モテモテじゃないかよ。

長瀞は二球続けてカットした。どちらも、ファウルグラウンドに落ちる。三球目、四球目、明らかにボールだ。

ツーエンドツーのカウントから、妙鉱が投げる。

長瀞が踏み出す。

ボールがストンと落ちた。

フォークだ。

バットが空を切った。

「ストライク、バッターアウト」

審判が告げる。

「やったー、妙鉱くん、すてきーっ」

「かっこいいーっ」

「長瀞くーん、がっかりしないで。あたしがついてる」

「いやーっ、あたしも一緒よ」

妙鉱と長瀞への声援がグラウンドに響いた。他の野球部員はおそらく、おれと同様の敗北感を噛みしめているだろう。

いったんベンチに戻り、喉を潤す。

「やれやれ、賑やかなことだな」

杉山さんが苦笑していた。

「キャプテン、ショックじゃないですか」

「ショック？　どうして？」

「だって、一年生がやたらモテるんですよ。先輩として、悲しいじゃないですか」

ははは、と杉山さんは、妙に爽《さわ》やかに笑った。

「山田、百万人にモテるより、たった一人に本気で好かれる方が何倍も幸せってもんだぞ」

ところも妙に爽やかに言った。その後、表情を引き締め、鈴ちゃんに問う。

「妙鉱、フォークを投げられるんですね」

「うん」

「監督、知ってたんですか」

「知ってたよ。でも、今まではほとんど上手くいかなかったんだ。あんなにきれいに落ちたのは初めてじゃないかな。ね、長瀞くん」

「はい。驚きました」

「山本くん、一か八かの勝負をしたわけだ」

鈴ちゃんがさらに笑みを広げる。

「野球って、ほんとおもしろいね」

ふわっと気持ちが軽やかになる。

そうだ、野球はおもしろい。そんな、おもしろいものに、今、おれは関わり合っている。

それって、正真正銘の幸せだよな。

理不尽がなんだ。不条理がなんだ。女子生徒がなんだ。そんなものどうでも……よくはないけど、もういいんだ。

おれには野球がある。温泉がある。それで十分だ。

「よし、行くぞ」

杉山さんがグラウンドに走り出る。おれも続く。

マウンドに立つ。

よし、存分に楽しむぞ。今は、野球のことだけを、たまに温泉のことだけを考えるんだ。

「山田先輩、がんばってぇ」

ふっと声が聞こえた。

幻聴？　いや、でも確かに聞こえたぞ。

「山田くーん、三振とってよ」

「がんばれ。応援してるよ」

うわっ、声援ばっちりじゃないかよ。

うへへへへ。よかったあ。天は我を見放さず、だ。

早雲が打席に立った。苦虫を嚙み潰した、まさにそのものの渋面だ。しかも、十四ぐらいまとめて嚙み潰している。

ごめんな、早雲。抱き合って泣くの、パスするわ。へへへ。

早雲が奥歯を嚙みしめたのが、なんとなくだがわかった。


結果から言うと、おれ、二回も三回も無失点で切り抜けました。どういう具合か、妙鉱も持ち直し零封《ゼロふう》していた。つまり、おれたち白組が二点リードのまま最終回という展開だ。

「五志、崩れちゃうとがたがたっときて立ち直れないことあるんですけど、山本先輩の神リードですね。さすがだ」

長瀞が吐息を漏らした。

「崩れなきゃ、崩そうぜ」

おれは長瀞の背中を叩く。

「勝利ってのは待ってても転がり込んじゃこないからな。こっちからもぎ取りにいかないと」

長瀞の眸がまたぴかぴかした。

「はい」

大きく頷く。

おれ、ちょっと気障《きざ》入ったかもしれない。勝利が転がり込んでくることってないこともないしね。でも、やはり、野球に待つはないと思う。耐えるも踏ん張るもあるけれど、幸運を待っていては野球はできない。

もぎ取る。

なにがあっても、この手でもぎ取る。

おれは、胸いっぱいに息を吸って、吐いた。

そして、最終回のマウンドに向かう。

「行くぞ、長瀞」

「はい」

無人のマウンドに向けて、おれは一歩、踏み出した。

「あのう、まことに言い難いんだけどねえ。ここで終わりなんだ」

「へっ？」

振り向くと鈴ちゃんが、珍しくも曇り顔で両手を合わせていた。

「ごめんね。ごめんね。時間オーバーになっちゃってね。調理部の使用時間になっちゃったんだ。それで、今日のところはここまでで……ごめんね。あの、紅組には納得してもらったから」

鈴ちゃんが頭を下げる。紅組の連中がずらずらとこっちに寄ってきた。妙鉱は疲れ切った顔をしている。ユニフォームが着崩れて、ものすごくだらしない。

「せっかくの紅白戦なのに、悪かったねえ」

鈴ちゃんはしきりに謝っている。

「しかたないですよ。もともと、調理部の使用時間なんだから。十五分以上、食い込んじゃいましたからね」

杉山さんが慰めるように、首肯《しゅこう》した。

「キャプテン。調理部の部長が話があるって言ってますよう」

ポポちゃんが鼻を動かしながら呼びに来た。ポポちゃんのちょっと後ろに、すらりと背の高い女子生徒が立っていた。理知的な面差しの美女だ。

杉山さんは足早に近づくと、何やら話し始めた。

もしかして、苦情を言われているのだろうか。

「調理部って、美味しそうな匂いがするんだ。あれは絶対に、手作りクッキーの匂いだな」

「なるほど、それを配ってアピールするつもりか。くそっ、汚い真似をしやがるぜ」

早雲が毒づく。彼はまだ、青春の理不尽と不条理を引き摺っているのだ。

「けど、おもしろかったな」

一良がおれを見て、にやっと笑った。

「ピッチャー山田勇作を外からじっくり見たって気がした」

「うん。そうだな。おれも、改めて山本一良がキャッチャーなんだって思った」

再びにんまり笑うおれと一良の傍らで、長瀞が、

「おれ、山田先輩の球、また捕りたいです。でも、こいつの新しいボールも捕りたいです」

肩にもたれかかってくる妙鉱を軽く押した。妙鉱は一言、

「疲れた。もう何にもしたくねえ〜」

と、息をするのさえ面倒臭そうに告げる。

「これからだよ。知ったつもりの相手の違う面をさらに知りながら野球をやっていく。野球をすることで別の面が見えてくる。新チームのスタートはここからだからねえ。ふふ、おもしろいよ」

おもしろいよ。

鈴ちゃんの一言に、おれたちは全員頷いた。おかしいぐらい、ぴたっと合わさった仕草だった。でれっとしていた妙鉱でさえ、でれえっとしたまま頷いたようだ。

おもしろい。おもしろい。

さあ、これから新たなおもしろいことが始まるぞ。

「なんか、わくわくする」

ぽろっと一言が零れた。

「いやあ、勇作、いいのかよ、そんな呑気《のんき》くんで」

早雲が肘で突っついてくる。

「妙鉱は手強いぞ。エースナンバー取られちゃうかも。けけけ」

けけけと笑った後、早雲は唐突に口をつぐんだ。周りを見回し肩を竦める。自分の冗談が冗談になっていないと気がついたらしい。

「えー、今の早雲氏の発言について、山田さんはどのようにお考えですか」

一良がマイク（幻の）を向けてくる。口調は軽いが、眼差しは意外と引きしまっていた。

おれは、不覚にも返事に詰まってしまった。

妙鉱はいいピッチャーだ。〝いい〟という範疇を超えて、〝すごい〟あるいは〝ものすごい〟なんて修辞がくっついちゃうかもしれない。そういうやつが、さいとう高校野球部に入ってきた。それっておれ的にはどうよ？　と考える。

焦りがあるか？　嫉妬は？　不安は？　うーん、無いと言ったら嘘になるかなあ。

「いやまあ、確かにちょっと怖い存在ではありますね」

答える。おやという風に一良が瞬きした。

「いつになく素直ですね、山田さん」

「わたしはいつも素直でございますよ、山本さん。ただもう少し言わせていただければ」

「ふむふむ、言っていただきましょう」

「怖いより楽しいって気持ちの方が勝っておりますかな」

これからどう変化していくか。可能性があるのは妙鉱だけじゃない。おれだって同じだ。そこんとこ信じてるんだ。それぞれが個として力を保ちながら、バッテリーを組む。

それが大切だと鈴ちゃんは言った（多少、言い回しは違うかもしれない。ごめんね）。おれは、さいとう高校野球部で強くなりたい。強いピッチャーになりたい。個としての力を高めたい。

球速を増したいし、コントロールをさらによくしたい。そして、何より自分を信じたい。なんか、今まで漠然と思ってたことが、明白になる。これって後輩効果じゃなかろうか。

正直、相手が一良じゃなければ投げ難いのは事実だ。でもきっと、最高の一球を誰のミットにでも投げ込めるようになる。その自信はおれのどこかで芽ばえている気がする。なんてったって、さいとう高校野球部で鈴ちゃんのもとで一年、鍛えられたんだからね。うん、これはカンペキ、さい高効果だな。

「ふーん」

一良が目を細めた。

「やけに自信ありそうだな、勇作」

「ありありさぁね。まっ、きみもぼくに遅れをとらないようついてきたまえ、山本くん」

「けっ、ついていくかよ。百メートルは前を行ってるぜ」

一良が鼻の横を掻いた。ネコヒゲの手入れをしているのだ。

「むふふふ。ほんと、わくわくするねえ」

鈴ちゃんが肩を窄め笑った。威厳はないが可愛い。

「夏を勝ち抜くのはピッチャー二本柱とリリーフは必須だからねえ。いやいや、まだまだこれから、どんな新人が出てくるか」

鈴ちゃんが、新入部員（仮マーク含む）をちらっと見やった。なんてったって、監督なんだもっと大胆に眺めても罰は当たんないよ、鈴ちゃん。なんてったって、監督なんだから。

「楽しみ、楽しみ。おもしろい、おもしろい」

鈴ちゃんに釣られたわけじゃないけど（鈴ちゃんに釣られるようでは、小鰺どころか入れ食い状態のアメリカザリガニだ）、わくわく感が膨らんでいく。

一良がネコヒゲを手入れしながら、「負けねえぞ」とアイコンタクトで伝えてきた。

おれだって、キャッチャー力どんどんすごくしちゃうからな。

はいはい、よろしゅうございまする。けどキャッチャー力って新語だな。

ふん、おれの造語力のなせる業よ。畏れいったか。

なんで、畏れいらなきゃなんないんだよ。バーカ。

馬鹿はそっちだ。ヨシコさんに舐められたくせに。

ぎっぎく。そっそれを今、言うか。


と、無言の会話（梅乃、ドン引きの）を交わしていたとき、

「おーい、みんな、これ調理部からの差し入れだ」

杉山さんが大振りの籠《かご》を抱えて戻ってきた。

「うおっ」

ポポちゃんが雄叫びを上げた。

籠の中には、手作りのクッキーだのマフィンだのがどっさり入っている。

「いいですね。じゃあ、久々にどこかでさいとう高校野球部ティータイムにしましょうか」

「うわっ、いいな、いいな、ティータイム。嬉しいな」

ポポちゃんが跳ねまわる。

「でも、こんな豪華差し入れ、どうして調理部が？」

一良が首を傾げる。

確かに、疑問だ。どうして？

「おっ、差し入れか。やっぱりカノジョが調理部の部長だけのことはあるなあ。亮太」

伊藤さんが杉山さんを肘で突つく。

「ええっ、ち、調理部の部長が、カ、カマジョウ」

「カマジョウじゃなくカノジョだ。落ち着け、山田。亮太と美咲《みさき》さんは幼馴染で、恋人同士なんだ」

幼馴染で恋人同士。

頭がくらくらする。

確かに百万人にモテるより、一人の「好き」の方がいいですよね、キャプテン。くっ、くそう。悔しいぜ。

「つまらんこと、言うなよ」

杉山さんは顔を赤らめたらしいが、コンガリ肌なので識別できない。

ふふふと鈴ちゃんが再び可愛く笑った。

「さあ、みんな。夏が始まるよ」

夏が始まる。

夏の真っただ中で、甲子園が待っている。

待ってろよ、甲子園。

長瀞が空を見上げ、口元を引き締めた。

「わーい、ティータイムだ。お菓子だ。クッキーだ。手作りだ」

ポポちゃんが、叫んでいる。

夏を告げる熱い風が、その声をさらっていく。

おれは、夏と手作りクッキーの香りの混ざった風を、深く深く吸い込んだ。

て、ちょっと待て待て。挨拶してないでしょ。いつものやつ。

はい、さいとう市立さいとう高校野球部全員整列してください。読者のみなさんの応援に感謝しようぜ。

みんな、ありがとう。そして、また会おうな。

ダ・スヴィダーニャ。

本書は二〇一七年七月、講談社より単行本で刊行されました。

|著者| あさのあつこ　岡山県生まれ。1997年、『バッテリー』で第35回野間児童文芸賞、『バッテリー２』で日本児童文学者協会賞、『バッテリー』全６巻で第54回小学館児童出版文化賞を受賞。主な著書には「テレパシー少女『蘭』事件ノート」シリーズ、「NO.６」シリーズ、「白兎」シリーズ、「さいとう市立さいとう高校野球部」シリーズ、「弥勒」シリーズ、「ランナー」シリーズ、「X-01 エックスゼロワン」シリーズ、『待ってる　橘屋草子』などがある。

さいとう市立《しりつ》さいとう高校野球部《こうこうやきゅうぶ》
おれが先輩《せんぱい》？
あさのあつこ

講談社文庫
定価はカバーに
表示してあります

2020年10月15日第１刷発行

発行者――渡瀬昌彦
発行所――株式会社　講談社
東京都文京区音羽2-12-21　〒112-8001
電話　出版（03）5395-3510
　　　販売（03）5395-5817
　　　業務（03）5395-3615
Printed in Japan

デザイン―菊地信義
本文データ制作―講談社デジタル製作
印刷―――豊国印刷株式会社
製本―――株式会社国宝社

ISBN978-4-06-520811-3

講談社文庫刊行の辞

二十一世紀の到来を目睫に望みながら、われわれはいま、人類史上かつて例を見ない巨大な転換期をむかえようとしている。

世界も、日本も、激動の予兆に対する期待とおののきを内に蔵して、未知の時代に歩み入ろうとしている。このときにあたり、創業の人野間清治の「ナショナル・エデュケイター」への志を現代に甦らせようと意図して、われわれはここに古今の文芸作品はいうまでもなく、ひろく人文・社会・自然の諸科学から東西の名著を網羅する、新しい綜合文庫の発刊を決意した。

激動の転換期はまた断絶の時代である。われわれは戦後二十五年間の出版文化のありかたへの深い反省をこめて、この断絶の時代にあえて人間的な持続を求めようとする。いたずらに浮薄な商業主義のあだ花を追い求めることなく、長期にわたって良書に生命をあたえようとつとめるところにしか、今後の出版文化の真の繁栄はあり得ないと信じるからである。

同時にわれわれはこの綜合文庫の刊行を通じて、人文・社会・自然の諸科学が、結局人間の学にほかならないことを立証しようと願っている。かつて知識とは、「汝自身を知る」ことにつきていた。現代社会の瑣末な情報の氾濫のなかから、力強い知識の源泉を掘り起し、技術文明のただなかに、生きた人間の姿を復活させること。それこそわれわれの切なる希求である。

われわれは権威に盲従せず、俗流に媚びることなく、渾然一体となって日本の「草の根」をかたちづくる若く新しい世代の人々に、心をこめてこの新しい綜合文庫をおくり届けたい。それは知識の泉であるとともに感受性のふるさとであり、もっとも有機的に組織され、社会に開かれた万人のための大学をめざしている。大方の支援と協力を衷心より切望してやまない。

一九七一年七月

野間省一

講談社文庫 最新刊

辻村深月　図書室で暮らしたい
辻村深月の世界は〝好き〟で鮮やかに彩られている。読むと世界がきらめくエッセイ集。

三津田信三　忌《い》物《ぶつ》堂《どう》鬼《き》談《だん》
持つ者に祟る〝忌物《いぶつ》〟を持ち、何かに追われる由羽希《ゆうき》。怪異譚の果てに現れるものとは？

太田哲雄　アマゾンの料理人〈世界一の〝美味しい〟を探して僕が行き着いた場所〉
食べて旅して人生を知る。メディアでも話題！新時代の料理人が贈る、勇気のエッセイ。

安本由佳　山本理沙　不機嫌な婚活
なぜ、私ではなくあの子が選ばれるの？ 令和の婚活市場を生き抜く、女子のバイブル！

高野史緒　翼竜館の宝石商人
ペストの恐怖が街を覆う17世紀オランダ。レンブラントとその息子が消えた死体の謎を追う。

あさのあつこ　おれが先輩？〈さいとう市立さいとう高校野球部〉
甲子園初出場を果たし、野球部に入部希望者が殺到するはずが!? 大人気シリーズ第3弾！

松田賢弥　したたか　総理大臣・菅義偉の野望と人生
第99代総理大臣に就任した菅義偉。本人の肉声と地元や関係者取材から、その実像に迫る。

森　功　高倉　健〈隠し続けた七つの顔と「謎の養女」〉
稀代の名優が隠し続けた私生活の苦悩と葛藤。死後に登場した養女とは一体何者なのか？

講談社文庫 最新刊

瀬戸内寂聴 **いのち**
大病を乗り越え、いのちの炎を燃やして95歳で書き上げた「最後の長編小説」が結実！

真山 仁 **シンドローム(上)(下)**〈ハゲタカ5〉
電力は国家、ならば国ごと買い叩く。ダークヒーロー鷲津が牙を剝《む》く金融サスペンス！

浅田次郎 **地下鉄《メトロ》に乗って**〈新装版〉
浅田次郎の原点である名作。地下鉄駅の階段を上がるとそこは30年前。運命は変わるのか。

佐々木裕一 **くもの頭領**〈公家武者 信平《のぶひら》(九)〉
三万の忍び一党「蜘蛛《くも》」を束ねる頭領を捜せ！実在の傑人・信平を描く大人気時代小説。

狐のちょうちん〈公家武者信平ことはじめ(一)〉
実在の公家侍・信平を描く大人気シリーズ、その始まりの物語が大幅に加筆し登場！

知野みさき **江戸は浅草3**〈桃と桜〉
江戸人情と色恋は事件となって現れる――大注目の女性時代作家、筆ますます冴え渡る！

西村京太郎 **十津川警部 山手線の恋人**
山手線新駅建設にからみ不可解な事件が続発。十津川は裏に潜む犯人にたどり着けるのか？

野村克也 宮本慎也 **師弟**
ヤクルトスワローズの黄金期を築いた二人に学ぶ、「結果」を出すための仕事・人生論！

本谷有希子 **静かに、ねぇ、静かに**
SNSに頼り、翻弄され、救われる僕たちの空騒ぎ。SNS三部作！芥川賞受賞後初作品集。

田岡嶺雲
数奇伝
著作のほとんどが発禁となったことで知られる叛骨の思想家が死を前にして語る生い立ちは、まさに「数奇」の一語。生誕一五〇年に送る近代日本人の自叙伝中の白眉。
解説・年譜・著書目録＝西田　勝
たＡＭ１
978-4-06-521452-7

中村武羅夫
現代文士廿八人
かつて文士にアポなし突撃訪問を敢行した若者がいた。好悪まる出しの人物評は大人気。花袋、独歩、漱石、藤村……。作家の素顔をいまに伝える探訪記の傑作。
解説＝齋藤秀昭
なＵ１
978-4-06-511864-1

我孫子武丸 眠り姫とバンパイア
我孫子武丸 狼と兎のゲーム
我孫子武丸 新装版 殺戮にいたる病
有栖川有栖 ロシア紅茶の謎
有栖川有栖 スウェーデン館の謎
有栖川有栖 ブラジル蝶の謎
有栖川有栖 英国庭園の謎
有栖川有栖 ペルシャ猫の謎
有栖川有栖 幻想運河
有栖川有栖 幽霊刑《デ》事《カ》
有栖川有栖 マレー鉄道の謎
有栖川有栖 スイス時計の謎
有栖川有栖 モロッコ水晶の謎
有栖川有栖 インド倶楽部の謎
有栖川有栖 新装版 マジックミラー
有栖川有栖 新装版 46番目の密室
有栖川有栖 虹果て村の秘密
有栖川有栖 闇の喇《らっ》叭《ぱ》
有栖川有栖 真夜中の探偵
有栖川有栖 論理爆弾
有栖川有栖 名探偵傑作短篇集 火村英生篇
姉小路祐 監察特任刑《デ》事《カ》
姉小路祐 影のクロス〈監察特任刑《デ》事《カ》〉
姉小路祐 緘《かん》殺《さつ》のファイル〈監察特任刑《デ》事《カ》〉
浅田次郎 日輪の遺産
浅田次郎 勇気凜凜ルリの色
浅田次郎 勇気凜凜ルリの色 四十肩と恋愛
浅田次郎 地下鉄《メトロ》に乗って
浅田次郎 霞町物語
浅田次郎 ひとは情熱がなければ生きていけない〈勇気凜凜ルリの色〉
浅田次郎 シェエラザード(上)(下)
浅田次郎 歩兵の本領
浅田次郎 蒼穹の昴 全四巻
浅田次郎 珍妃の井戸
浅田次郎 中原の虹 全四巻
浅田次郎 マンチュリアン・リポート
浅田次郎 天国までの百マイル
青木玉 小石川の家
阿部和重 アメリカの夜
阿部和重 グランド・フィナーレ
阿部和重 ABC〈阿部和重初期作品集〉
阿部和重 ミステリアスセッティング
阿部和重 IP/NN 阿部和重傑作集
阿部和重 シンセミア(上)(下)
阿部和重 ピストルズ(上)(下)
阿部和重 クエーサーと13番目の柱
麻生幾 加筆完全版 宣戦布告(上)(下)
甘糟りり子 産む、産まない、産めない
甘糟りり子 産まなくても、産めなくても
赤井三尋 翳《かげ》りゆく夏
あさのあつこ NO.6〔ナンバーシックス〕#1
あさのあつこ NO.6〔ナンバーシックス〕#2
あさのあつこ NO.6〔ナンバーシックス〕#3
あさのあつこ NO.6〔ナンバーシックス〕#4
あさのあつこ NO.6〔ナンバーシックス〕#5
あさのあつこ NO.6〔ナンバーシックス〕#6
あさのあつこ NO.6〔ナンバーシックス〕#7

講談社文庫 目録

麻見和史 奈落の偶像〈警視庁殺人分析班〉
麻見和史 鷹《たか》の砦《とりで》〈警視庁殺人分析班〉
麻見和史 深紅の断片〈警防課救命チーム〉
赤坂憲雄 岡本太郎という思想
有川浩 三匹のおっさん
有川浩 三匹のおっさん ふたたび
有川浩 ヒア・カムズ・ザ・サン
有川浩 旅猫リポート
有川ひろ アンマーとぼくら
有川ひろほか ニャンニャンにゃんそろじー
荒崎一海 無流心月剣〈宗元寺隼人密命帖(一)〉
荒崎一海 幽霊の足〈宗元寺隼人密命帖(二)〉
荒崎一海 名花散る〈宗元寺隼人密命帖(三)〉
荒崎一海 江都落涙〈宗元寺隼人密命帖(四)〉
荒崎一海 門前仲町〈九頭竜覚山 浮世綴(一)〉
荒崎一海 蓬莱橋雨景〈九頭竜覚山 浮世綴(二)〉
荒崎一海 寺町哀感〈九頭竜覚山 浮世綴(三)〉
荒崎一海 小《お》名《な》木《き》川《がわ》〈九頭竜覚山 浮世綴(四)〉
浅野里沙子 花篝《はなかがり》 御探し物請負屋

朱野帰《かえる》子《こ》 駅物語
東浩紀 一般意志2・0〈ルソー、フロイト、グーグル〉
朝倉宏景 白球アフロ
朝倉宏景 野球部ひとり
朝倉宏景 つよく結べ、ポニーテール
安達瑶 奈落の花〈堕ちたエリート〉
朝井リョウ スペードの3
朝井リョウ 世にも奇妙な君物語
足立紳 弱虫日記
有沢ゆう希 ムサヲ 原作 恋と嘘〈映画ノベライズ〉
有沢ゆう希 末次由紀 原作 ちはやふる 上の句〈小説〉
有沢ゆう希 末次由紀 原作 ちはやふる 下の句〈小説〉
有沢ゆう希 末次由紀 原作 ちはやふる 結び〈小説〉
有沢ゆう希 ろびこ 原作 となりの怪物くん〈小説〉
有沢ゆう希 小説 パーフェクトワールド〈君といる奇跡〉
蒼井凜花 女唇《ルージュ》の伝言
秋川滝美 幸《こう》腹《ふく》な百貨店
秋川滝美 幸腹な百貨店〈デパ地下おにぎり騒動〉
秋川滝美 幸腹な百貨店〈催事場で蕎麦屋呑み〉

東芙美子 原作 雲田はるこ 脚本 羽原大介 小説 昭和元禄落語心中
赤神諒 神遊の城
赤神諒 大友二階崩れ
彩瀬まる やがて海へと届く
浅生鴨 伴走者
天野純希 有楽斎の戦
五木寛之 ソフィアの秋
五木寛之 狼のブルース
五木寛之 海峡物語
五木寛之 風花のひと
五木寛之 鳥の歌(上)(下)
五木寛之 燃える秋
五木寛之 真夜中の望遠鏡〈流されゆく日々'78〉
五木寛之 ナホトカ青春航路〈流されゆく日々'79〉
五木寛之 旅の幻燈
五木寛之 他力
五木寛之 こころの天気図
五木寛之 新装版 恋歌
五木寛之 百寺巡礼 第一巻 奈良

五木寛之　百寺巡礼　第二巻　北陸
五木寛之　百寺巡礼　第三巻　京都I
五木寛之　百寺巡礼　第四巻　滋賀・東海
五木寛之　百寺巡礼　第五巻　関東・信州
五木寛之　百寺巡礼　第六巻　関西
五木寛之　百寺巡礼　第七巻　東北
五木寛之　百寺巡礼　第八巻　山陰・山陽
五木寛之　百寺巡礼　第九巻　京都II
五木寛之　百寺巡礼　第十巻　四国・九州
五木寛之　海外版　百寺巡礼　インド1
五木寛之　海外版　百寺巡礼　インド2
五木寛之　海外版　百寺巡礼　朝鮮半島
五木寛之　海外版　百寺巡礼　中　国
五木寛之　海外版　百寺巡礼　ブータン
五木寛之　海外版　百寺巡礼　日本・アメリカ
五木寛之　青春の門　第七部　挑戦篇
五木寛之　青春の門　第八部　風雲篇
五木寛之　親鸞　青春篇　(上)(下)
五木寛之　親鸞　激動篇　(上)(下)

五木寛之　親鸞　完結篇　(上)(下)
五木寛之　五木寛之の金沢さんぽ
井上ひさし　モッキンポット師の後始末
井上ひさし　ナ　イ　ン
井上ひさし　四千万歩の男　全五冊
井上ひさし　四千万歩の男　忠敬の生き方
井上ひさし　黄金《きん》の騎士団　(上)(下)
井上ひさし　一分ノ一　(上)(中)(下)
井上ひさし・司馬遼太郎　新装版　国家・宗教・日本人
池波正太郎　私　の　歳　月
池波正太郎　よい匂いのする一夜
池波正太郎　梅安料理ごよみ
池波正太郎　わが家の夕めし
池波正太郎　新装版　緑のオリンピア
池波正太郎　新装版　殺しの四人〈仕掛人・藤枝梅安(一)〉
池波正太郎　新装版　梅安蟻地獄〈仕掛人・藤枝梅安(二)〉
池波正太郎　新装版　梅安最合傘〈仕掛人・藤枝梅安(三)〉
池波正太郎　新装版　梅安針供養〈仕掛人・藤枝梅安(四)〉
池波正太郎　新装版　梅安乱れ雲〈仕掛人・藤枝梅安(五)〉

池波正太郎　新装版　梅安影法師〈仕掛人・藤枝梅安(六)〉
池波正太郎　新装版　梅安冬時雨〈仕掛人・藤枝梅安(七)〉
池波正太郎　新装版　忍びの女　(上)(下)
池波正太郎　新装版　殺しの掟
池波正太郎　新装版　抜討ち平九郎
池波正太郎　新装版　娼婦の眼
池波正太郎　近藤勇白書〈レジェンド歴史時代小説〉(上)(下)
井上　靖　楊貴妃伝
石牟礼道子　新装版　苦《く》海《がい》浄《じょう》土《ど》〈わが水俣病〉
いわさきちひろ　ちひろのことば
いわさきちひろ・松本　猛　いわさきちひろの絵と心
いわさきちひろ・絵本美術館編　ちひろ・子どもの情景〈文庫ギャラリー〉
いわさきちひろ・絵本美術館編　ちひろ・紫のメッセージ〈文庫ギャラリー〉
いわさきちひろ・絵本美術館編　ちひろの花ことば〈文庫ギャラリー〉
いわさきちひろ・絵本美術館編　ちひろのアンデルセン〈文庫ギャラリー〉
いわさきちひろ・絵本美術館編　ちひろ・平和への願い〈文庫ギャラリー〉
石野径一郎　新装版　ひめゆりの塔
今西錦司　生物の世界
井沢元彦　義経幻殺録

講談社文庫　目録

井沢元彦　光と影の武蔵〈切支丹秘録〉
井沢元彦　新装版 猿丸幻視行
一ノ瀬泰造　地雷を踏んだらサヨウナラ
泉　麻人　大東京23区散歩
伊集院　静　乳房
伊集院　静　遠い昨日
伊集院　静　夢は枯野を〈競輪躁鬱旅行〉
伊集院　静　野球で学んだこと ヒデキ君に教わったこと
伊集院　静　峠の声
伊集院　静　白秋
伊集院　静　潮流
伊集院　静　機関車先生
伊集院　静　冬の蜻蛉《とんぼ》
伊集院　静　オルゴール
伊集院　静　昨日スケッチ
伊集院　静　アフリカの王(上)(下)
伊集院　静　あづま橋
伊集院　静　ぼくのボールが君に届けば
伊集院　静　駅までの道をおしえて
伊集院　静　受け月
伊集院　静　坂の上のμ〈野球小説アンソロジー〉
伊集院　静　ねむりねこ
伊集院　静　新装版 三年坂
伊集院　静　お父やんとオジさん(上)(下)
伊集院　静　ノボさん〈小説 正岡子規と夏目漱石〉(上)(下)
いとうせいこう　存在しない小説
いとうせいこう　我々の恋愛
井上夢人　メドゥサ、鏡をごらん
井上夢人　ダレカガナカニイル…
井上夢人　プラスティック
井上夢人　オルファクトグラム(上)(下)
井上夢人　もつれっぱなし
井上夢人　あわせ鏡に飛び込んで
井上夢人　魔法使いの弟子たち(上)(下)
井上夢人　ラバー・ソウル
池井戸　潤　果つる底なき
池井戸　潤　架空通貨
池井戸　潤　銀行狐
池井戸　潤　仇敵
池井戸　潤　BT'63(上)(下)
池井戸　潤　空飛ぶタイヤ(上)(下)
池井戸　潤　鉄の骨
池井戸　潤　新装版 銀行総務特命
池井戸　潤　新装版 不祥事
池井戸　潤　ルーズヴェルト・ゲーム
池井戸　潤　半沢直樹1〈オレたちバブル入行組〉
池井戸　潤　半沢直樹2〈オレたち花のバブル組〉
池井戸　潤　半沢直樹3〈ロスジェネの逆襲〉
池井戸　潤　半沢直樹4〈銀翼のイカロス〉
糸井重里　ほぼ日刊イトイ新聞の本
石田衣良　LAST[ラスト]
石田衣良　東京DOLL
石田衣良　てのひらの迷路
石田衣良　40《フォーティ》翼ふたたび
石田衣良　sex
石田衣良　逆《さか》島《しま》断《たつ》雄《お》〈進駐官養成高校の決闘編1〉
石田衣良　逆島断雄〈進駐官養成高校の決闘編2〉

2020年9月15日現在